浮き身

鈴木涼美

新潮社

浮き身

ダマスク織を模した植物柄は毛布で、足のあたりにうずくまる形で眠っている女にからめ捕られ下敷きにされているせいで、冷えた肩の上まで引こうにもびくとも動かなかった。黄色味の強い長い髪のところどころがスプレーと汚れで固まった女の脚は細く、部屋に不確かに漂う酸っぱい匂いとは別の、ビニールの匂いがする。その下の規則的な織り目は畳。色はよく見えないけれど一般的な諸目表からは藺草の匂いがする。少し離れたところで薄黄色にぼやけているのはL字型のソファで、その下は灰色が淡く広がるカーペットなのだから、畳とは別の、おそらく襖によって仕切られた隣の部屋が見えている。

白い液体は精液ではなく、L字型のソファに目を瞑って横たわる二人の男のうち、こちらに金髪の頭頂部を向けた一人の鼻から不自然に垂れて乾燥しかかったもの。ソファとローテーブルに挟まれるようにして、カーペットの床に両膝を立てて座っている女は、自分の右膝と左膝の間に頭部を埋めているので、顔が確認できない。不鮮明な部屋の中で、ローテーブルの上にだけピントが合ったように、乱雑に散らばったストローや灰皿代わりの空き缶の全てがはっきりと輪郭を持って、食べかけのオニギリも見えた。酸っぱいと思っていた匂いを徐々に煙草の匂いが覆っていく。手ではらっても意味のない、長時間、きっと夜の間中複数人が吸い続けた煙が家具や壁にじっくりと染み込んで、今度はその家具や壁が匂いを放ち続ける。

少なくとも畳は電気に照らされていない。それでも毛布の柄が見える程度に明るいのは、いい加減に閉めたブラインドがすでにかなり高いところにあるらしい外の日の光を漏らしているせい。それからソファの向こう側にあるテレビがついていた。

映像というより擦ると微かな匂いがする紙焼き写真を繋げたような記憶の断片のうちで、テレビの中だけは滑らかな映像が流れる。二十年近く前のニュース映像。キャスターは確かもう死んでしまった有名な人だ。

集中して丁寧に繋げても、連写のようにしか動かない視点を襖から出して右奥へずらすと、ゴミ箱の黄色が動いた。台所の流しの前で煙草を咥えた黒髪の男がそれを手に持っている。そこで私は一連の紙焼き写真のような記憶に耳鳴りのように響き続けていた音があるのに気づく。プラスチック製のゴミ箱が揺れ、そこにかかる水の音が乱れる。水音を聞いていた私は雑居ビルと小さな飲み屋が並ぶ歓楽街の奥、ラブホテルの並びにある大きなマンションの部屋の中にいる。自分の部屋ではない、不安定な部屋で目覚めたのはちょうど今の半分の年齢の頃で、私は女子大生だった。

大きなプラスチックを水で洗う不自然な流水音が徐々に立体的な響きを帯び、他の細かい音を伴って記憶全体の流れを立ち上がらせたので、私は慌ててそれを一旦封じ、その瞬間に奥歯の付け根と顎が痺れているのに気づいた。随分長い時間、立ち現れる記憶に意識を捕らわれて食いしばっていたのか、あるいはその痺れが丸ごと記憶から移管されたのか、不確かだった。その痺れはかつて何度も経験したことのあるものにとてもよく似ていた。

いずれにせよ、私の無反応は目の前の部屋で起こり得る現実を悪い方へ刺激していた。目の前に広がる、もう何年も寝起きしている私自身の部屋は電気に照らされて明るく、目の前に一人だけ男がいる。煙草を一切吸わない男はいくつもいくつも言葉を発音した挙句、一切の音を発さずに口を動かし、最後に空気だけを吐いた。流れない故に涙ではない体液が内側から顔の中心部を赤く染め、湿った皮膚は普段なら耳にかかっている長い前髪を額や頬に貼り付けて、彼が不安と呼ぶ精神的不具合を演出していた。流水音が動力となって立体的な映像となっていた記憶に対して、彼の動きはコマ送りのようにぎこちなく見える。背後でつけ放したテレビからはしかし、やはり途切れない滑らかな映像が流れて、その手前で男は寝巻きにしている柔らかい素材の服を脱いで出て行った。昨夜のことだ。

緊縛が解けた、と一瞬だけ思った。

日が真上に届く前に参道へ出ると、つい一週間前に通り過ぎた時には立ち入り禁止のテープできつく縛られていた喫煙所から、八人が同時に吐く煙が立ち昇って、それほど高くは昇らずにその先の車道の方に流れていく。テープが解かれ、半透明の板で緩やかに囲まれているだけの小さな箱の前方には四人が行儀よく順番を待つ。内側の地面には青い円形の印が計八個描かれていて、その箱が用意できる居場所の数を示している。中にいるやはり行儀の良い八人は多少靴先がはみ出ていることはあっても、ほとんどズレることなくその間抜けな青い丸印の上に背筋を伸ばして立ち、手元の煙草の燃え尽きるのを見届けるまで動かない。

昨夜から断片的に浮かび上がる二十年近く前の記憶の、また別の断片が頭の中を通り過ぎ、それとちょうど同じ速度で、フランス製の自転車に乗った青いシャツの男が、スピードを落とすことなく一度歩道に乗り上げ、ほのかな男性用香水の匂いを放ちながら再び車道に戻って車より速いスピードで坂を登って行った。記憶はストロボ・ライトの中で上機嫌な男と眠りに落ちていく女を一瞬見せてすぐ消えた。駅が近づくにつれ、歩行者の速度は上がり、車が進むのは遅くなる。百年も前に整備された幅の広い参道はちょうどその幅を満たすだけの人と車と欅を乗せて今日も一キロと百メートルほどの長さで延びている。冬至の朝には、神社から参道の起点の方向に向かう延長線上から真っ直ぐ太陽が昇る。百年前に大帝と呼ばれた人を祀るためにそのように設計された。

地面に描かれる青い丸印が示すものをなぜ瞬時に理解できるのか、私は彼らではなく自分自身を不思議に思った。彼らはこれからも青い丸の上から許容範囲以上にはみ出すことなく、高い税金をいくらでも納め、健康被害をもたらすと煩く警告される煙を礼儀正しく吸いこみ、半透明の囲いを出てから次の休憩時間までは漂白された綺麗な空気を吸う。場所によって青い丸だったり白い四角だったり簡易テープだったりする印の意味を、これからも間違えることなく理解する。理解し、抵抗せずに従う。彼らがそうであったとしても私はそんな印のことを理解する人になるはずではなかった。

それでも既に二年間、私は何かに煽られるままに疫病に恐怖し、期待される程度に警戒し、号令と同時にそれを緩めて、許される程度に不平や文句を口にして、確信犯的に弛緩してきた社会が再びその弛緩を取り戻そうとすればやはりそれに従って、青い丸印の上にあるような部屋で暮らしていたのだった。それより前から長年、私の足元にはぼんやりとした青い印が浮かび上がっていたのだけど、目を逸らせば滲む程度だったそれが、くっきりとした輪郭を持ちだしたのは明らかだ。足元のその気まずさが削り出してきた屑のようなものが、断片的な記憶に色素を与え続け、ついにそれが映像として昨夜、流れ出したような気がした。

フランス製の自転車を追いきれなくなった視線を、下品と呼ばれるちょうど手前、しかし離れて読める程度に大きく店名の印字された紙袋とそれを抱えた三十歳前後の女に一瞬移し、早歩きで過ぎ去った彼女がいた高級革鞄を扱う店を見ると、店舗の前には喫煙所よりも長い行列ができている。重厚なベルベット風のロープに沿うように整然と並ぶ女性たちの先頭に、店に雇われたセキュリティ係がこちらを向いて立つ。店内がそれほど人で溢れているようには見えないが、店舗側が気まぐれに用意した人数制限と規則に従う習慣もすでに定着した。最後尾のどちらも髪の長い二人は自分らの入店の時刻についていくらか不安げで、あからさまに時間を気にしている。

参道を下る人の波の速度に合わせて歩いていたので喫煙所のすぐそばを歩いたの

はほんの数秒に過ぎない。しかし、その緊縛の解けた箱との距離が最小になった時、車道側に吸い込まれていたはずの煙が一筋こちらに向かってきて、マスクを僅かに顎の方へずらして歩いていた私の鼻の中にまっすぐ入り、その瞬間にいくつかの記憶の断片が再び一つの塊となって立体的に立ち上がっていくのを感じた。

二十歳になる少し前の記憶は、つけ放しになっていたテレビが、遠く離れた国で起こる戦争を伝えていた朝を起点に、それが磁石のようになって、頭の中に徐々に集まっている。大国が正義をかけて仕掛けたらしい戦争が、生真面目な顔で、しかし露骨な批判はなく伝えられていた。記憶の中の朝の空気は冷たく、水の流れる音は寒々しく再生されるが、四月にはなっていたはずだから、正確にはちょうど十九年前ということになる。

昨夜も、消す気力もなくつけ放したテレビには、また別の大国に仕掛けられた戦争で爆撃を受ける集合住宅らしき建物が映し出されていた。壁の大半を失い、露わになった骨格すら損傷しているその建物はもはや外と内を隔てる名前を持っていなかった。記憶の中よりははっきりとした批判の響きと共に流れる映像の、半歩手前で男は写真やいくつかのチケットの類をやぶき、何度か大きな声を出した。やぶかれた写真の中には、彼と出会うずっと前の、若い私のものがなぜか一枚紛れ込んでいたようだった。男が出ていったのは空が白み出す前だ。二年間、私のことを何度も愛していると言っていた男は、愛しているからという理由で私からいくらか自由を奪い、彼自身が不信と呼ぶ感情を巻き起こす箇所を中心に私を作り替えようとした。私は彼が作り替えるまでもなくずっと不自由なのに、何を今更と少し思う。彼が大袈裟な音を立てて出ていくのも初めてではなかった。ただ、二年前に渡した鍵は一度も突き返されてはいないし、昨夜もそれは持ったまま出ていったようだ。彼にそれらの権利があるのかどうか、私は判断する術を持たないが、返して欲しいと思ったことはない。

昨夜の彼がとり乱した理由が何だったのか、注意深く思い出そうとしてもはっきりとわからない。忘れたわけではなく、おそらく私は彼の言うことをずっと理解できていないのだ。来週末に帰宅が遅くなることを告げたからだったか、自宅で仕事中に彼の話を聞き流したかだろうか、昔の遊び相手の写真でも出てきたのだったか、週刊誌が報じるゴシップに彼の望むような潔癖な反応を示さなかったのだろうか。いずれにせよ彼にとって私は、当たり前に信じるべきことを全て疑い、抗う必要のない場所で全てに抗うようなところがあるようなのだった。それをなんとか正そうとする彼は、不良娘に手を焼く生真面目な新米教師みたいで、私はそれを本当に愛しいと思う。彼の、音を立てずに歩き、何かを踏みつけたり驚かせたり決してしないところも、ペンを休ませている間中、か細い声でアイルランド民謡を口ずさむところも、私はずっと愛しいと思ってきた。

「僕が君のことをちょっとした遊び相手だと思っているのであればこんな風に言わ

ないし、真剣に君の人生を考える僕の言葉を鬱陶しいだとか支配的だとか過干渉だとか。そう感じるのであればそれは君の問題だ」

昨夜まだ日付が変わる前、声を荒げ出す前に、しかしその予兆として綿の枕から大袈裟に頭を離して彼が言った。頭を動かすとその倍動く髪先が枕の真上で揺れていた。遊び相手の軽薄と人生の重みを対比させるのがここ数ヶ月の彼の苛立ちの表明だった。彼は時折、語彙を変える。昨年の初めは、向き合うこと、であったし、秋になると反抗や逃亡、であったし、年末には何度も偽物の優しさというのを聞いた。活字となって紙に印刷された彼の言葉は柔らかく、変幻自在に動きながら風の匂いや空の色を最も的確に摑むのに、私の顔に向かってくる言葉は平坦で固く、現実の横を高速度で滑っていく。口が動き続けると私は信号のない道路の中央分離帯に取り残されたように硬直してしまう。

窓の下を流れる主にタクシーの加速する音を間に挟んで、彼は何度か黙り、何度か髪を枕に押し付けて、諦めたように腰を直角に曲げて大袈裟に頭を下げた。日の半分以上机に向かっている職業故なのか、普段からやや猫背の背中が、上から一点を吊るしたように丸まっていき、これ以上曲がらないところで止まった。私は二つある枕のもう一つに頭を置いたまま、身動きが取れずに黙っていた。私がいっそ感染症の混乱により稼ぐ手段を失って、若くして名誉を得てから堅実に暮らしてきた彼に経済的に依存していれば彼の不安の幾らかは払拭されるのだろう。売れる身体に抗って、労働のようなことを続けてきた意味は常によくわからない。ただ米国資本の会社は私に、おそらく肉体の値段以上の年俸を約束してくれている。

「本当に合わないんだ、君とは」

男のいなくなった部屋で私はようやくテレビを消して、十九年前の記憶の中でテレビが伝えていた戦争をなんとなく携帯に打ち込んで検索などしてみた。戦争の名前も終結の時期も、一ページにまとまった概要を読むだけで正確に把握するのは難しかったが、仕掛けた国が戦争は終わったと二度も三度も宣言していることはわかった。昨夜消したテレビではおそらくその後も、今現在起きている戦争の様子が時折イラスト付きのカラフルなパネルなどを用いて伝えられていただろうし、その報道の合間には消費者金融やヨーグルトの広告映像が流れていたはずだった。現在のところ、誰かが戦争終結を宣言する様子は微塵もない。

記憶に引きずられるように私は坂道になった参道を下りきる手前にある駅に向かっていた。速度を下げずに歩き続けているので、二分も歩かないうちに、次の喫煙所から立ち昇る煙が見え、女たちが列を作る高級革鞄店にもいよいよ近づいた。ガラス張りの店内に行儀よく並べられ、一円単位まで値段のつけられた革鞄は紺やベージュの肌を磨かれていかにも堂々としている。私も列を作っている店と同じ国で作られたような高級革鞄を二十万円近く支払って買うような十九歳だった。自分の存在にそれと同じだけの価値があると信じたかった。

十九年前に住んでいたのは北側と東側が激しく開発され、西側と南側には長年変わらない狭い通りが並ぶ地域の、南側とも東側とも呼べる狭い通りにある狭い部屋だった。そのさらに南側には戦争の後、進駐軍に接収された地域が延び、駅前から流れる川を隔てた場所にはカストリを売る露店のバラックが百以上も並んでいたと聞いたが、その面影はもちろんなかった。そこから川を下ればかつて一大貧民窟だった辺りにもビルが建つが、そちらの方では貧困の面影はコンクリートに染み込んでいて、麻薬中毒者が屯し、非合法の私娼が目立った周囲が、完全に浄化されたのは私がその街を去った後だ。いずれにせよソープランド街とコリアンタウンが近接し、かつてキャバレーのメッカとされた通りに歩いていける狭い通りは、北を向けば観覧車や超高層ビルまで見晴らせるものの、それらと地続きではないような物騒さがあった。

二年次まで大学に電車一本で行けるという以外に土地の必然性はなかったのだが、

高校を卒業する間近に想像した自分のそれからの生活は、地元でのそれまでの暮らしとがらっと劇的に変えたいという一点において、その街の印象とよく馴染んだし、実際三年生に上がって都内に引っ越すまでの留年した年を含む三年間、店を変えながらも近隣の飲み屋で働き、その部屋に住んだ。玄関を入ってすぐの、台所のある廊下は思わせぶりなほどゆったりした造りであるのに、手前にひく扉を開けて中に入ると五畳半しかないスペースに、やはり少し不釣り合いな作り付けの大きなクロゼットが据えてある、狭く退屈な住居だった。五畳半の半分以上を引き出し付きのシングル・ベッドが占領していたので、起きている時の半分はベッドの上で、もう半分はベッドとクロゼットに挟まれた狭い隙間で足を折りたたんで過ごした。

あれから何度も住まいを変え、賃料が安い分何かが決定的に欠けたような部屋にも住んだが、五畳半一間に住んだのはあの時だけだ。裏の通りは古くからある飲み屋のビルが立ち並んでいたせいか、夏の日中には至る所から腐敗臭がした。外国女の働く地下の店の入口前にはなぜかよく割れたガラスが散らばっていて、八階の窓から見れば道路が煌めいているようではあるものの、近づけばそれは酒臭い危険物でしかなかった。部屋を契約したのは高校の卒業式の少し前、冬の終わりの夕方で、部屋を見ているうちにまだ短い日が暮れかけて、道路の汚れや匂いは夕闇に溶けて目立たなくなっていた。いい時間ですよね、なんて言った仲介業者は強かで、ほんとですね、なんて頷いた私は若かった。

保証人の欄にはすんなり記入してくれた両親がその部屋にやってきたことはない。公務員の父も、父の小粒な幸福を軽蔑していた地方議員の娘である母も、大学受験を終え、高校を出た後の私の暮らしは、自分の責任の外にあって欲しいと願っているようだった。形式的なことを重んじる郊外の私立校で、制服のまま男と写った写真が雑誌に載ってしまうような生徒は嫉妬や興味よりも蔑みの対象となる。彼らの子育ての結果でしかないとはいえ、多くの同級生が私の生き様よりも死に様に興味を向けるように学校での立ち位置を固定化してしまうような娘は、父にとっては理解を拒絶した存在に、母にとっては自分の隠した愚かさを見せつける存在に育ったはずで、私は彼らの事情に沿って、自宅から通うにはやや遠い良い大学に入り、学費と幾らかの仕送りは彼らの言うままに受け取った。

飲み屋で働いてみると、お金を払って商売女を抱く客と、不良娘に仕送りする親はとても似ているとわかった。罪悪感を放棄できるなら、十万や二十万を喜んで支払う。双方からお金を支払われて大学を卒業し、制服を着る必要はとっくになくなり、わざわざ雑誌に投稿せずとも多くの人間が全世界に向けて自分の写真を積極的に公開するような時代に差し掛かった頃、彼らにとって私の問題はなくなっていた。二十五歳をすぎた私は彼らの理解の範疇に戻り入ってしまったようで、半年も帰らないでいると向こうから声をかけてくるほど交流を求められた。

昨夜男が出ていった部屋は、参道から脇に逸れて五分ほど歩いた場所にあり、都心部の割に静かな立地も、二重のオートロックも、世間から私を断絶するものではない。マンション全体には竹林のような清浄な空気が満ちていて、最初のオートロックを入るとシトラスの匂いがする。逆にマンションから外へ出る時にも、十分に取られた他の建物との距離や、目の前の通りに植えられた針葉樹のせいか、生物が生きる匂いも死ぬ匂いも感じられない。私が入居した頃には母が都心での観劇の帰りに寄ったことがあるし、妹たちは今でも遊びに来る。六年前に父が胃を患って死んだ後は子育てと毎日の仕事にそれぞれ追われる妹二人よりも頻繁に、私は母の様子を見に実家のある街へ帰っている。疫病禍で全く会社に行かなかった時期には、最長で五日間、母と二人で過ごした。私の外出をひどく嫌がる男も、そのような行為には極めて寛大だった。

参道を下り終えて大きな信号をまっすぐ渡り、やはり立ち入り禁止が解けた最後の喫煙所の中に数人の男女を左目で確認してから、回り込むように階段を降りて地下に潜る。

　春先の地下道は驚くほど無臭で、私は顎の方にずらしていた不織布のことを、上りの一方だけあるエスカレータによって運ばれていく長身の若い男の視線を感じるまで忘れていた。露骨に私の方を見て、自分の鼻の上の布を触った彼は私の視線が僅かに彼の視線と交差するとすぐに目を足元の方に逸らし、私は機械的な彼の速度を目で追いながら自分の顎先からマスクを引っ張り上げる。残り三段を再び不規則なリズムで降りて、最も人の多い時間帯の半分ほどの人数が回転するように出入りする改札を通過し、その先のエスカレータで今度は機械に任せてさらに地下に沈んでいく。マスクの内側に粘り気のある臭気を感じるのは、昨晩の食事の際に飲んだ赤ワインと、喉が乾燥したまま長いこと声を発さずにいたせいだ。

　一人になった部屋で眠らずに過ごし、不動産業者の電話が通じるのを待って、十九年前に住んだのと同じ建物の別の部屋の内見を申し込んだ。眠る気もなく叩いたインターネットで部屋に空きがあるのは確認していた。相互に乗り入れる地下鉄と私鉄のおかげで乗り換えすることなく、一時間もかからずにたどり着けるその土地に、私は長い間降り立っていなかった。五畳半でなくとも同じ建物内の住居はどれも一部屋で構成されていて、自宅で仕事をする今の私には手狭に過ぎるし、朝早く起きて書き物の仕事を始める男に合わせてすっかり早起きになった今、暗くなって色々と曖昧にならなければ汚れの目立つような歓楽街の裏手が住居として快適のようには思わない。ひとまず丸一日空いてしまった予定を埋めたかった。

そもそも昨夜から浮かび上がる記憶の断片をいくら繋ぎ合わせても、当時の私が住んだその部屋の様子が立ち上がってくるわけではない。狭小な部屋の間取りもその部屋の不便や快適も、単に覚えているというだけで、何かが流れ出すような感覚はない。つけ放されたテレビがあったのは、別の部屋だ。ホームに降り立つと、足元に描かれた印と転落防止の柵とを手がかりにマスクと自分自身の間で息をする中年たちがまばらな列を作り、その間を器用に背広姿の男がすり抜けて行った。電光掲示板で接続を確認し、乗り込んだ地下鉄の生暖かいシートに座り、私は背中でなんとか堰き止めていた、音や匂いで急速に膨らんでいく記憶を回転させた。期間にしてみれば一ヶ月に満たない、しかもそのうちの多くが素面ではなかった時間の記憶である。昨夜から何も食べていない胃が不快な角度で迫り上がってくるせいで、座ると少し沈むシートが眠気を誘い出すことはなさそうだった。

私の住んだ部屋の最寄駅から、路線によって一駅か二駅、県内で最も大きな乗り換え駅の西側の出口を出てビルの間を北側に抜け、高速道路と立体交差する小さな橋を越えると、かつて友人たちが勤めていた飲み屋がいくつも入る歓楽街が広がる。雑居ビルには常に新規の店が出たり入ったりするその小さな歓楽街を抜けてそのままままっすぐ北へ進むと、値段も外壁もいかにも平均的なラブホテルとコンビニが並んでいる通りに出る。

　十九年前の四月、私はその通りを左折して右手にラブホテルを三つ通りすぎた場所に建つ、ラブホテルより少し古いマンションの十一階で目覚めた。私の寝ていた畳の部屋は、灰色のカーペットが敷かれた大きなリビング・ルームの奥に連結する形で続いていた。リビングにあるL字型のソファは真新しく、中央のローテーブルはガラス張りの二重構造で、下の段に入れた雑誌や煙草が、上から見えるようになっていた。カウンターを隔てた台所で黒髪の男が洗っていたゴミ箱もほぼ新品で、中に誰かが何度も嘔吐したようだった。

　リビングから玄関までは広くまっすぐな廊下で繋がっていて、玄関に向かって左側にバス・ルームとトイレが、右側にパソコン部屋と呼ばれる個室があった。そこは無店舗型風俗を開業する予定の男三人が借り上げた物件で、五月の連休前に風俗嬢たちの待機場所を兼ねる事務所となることが決まっていた。男たちは残りあと約三週間で家具を揃え、クッションや仮眠用のブランケットや灰皿を揃え、パソコン部屋でホームページを整え、働く女を面接し、彼女たちを撮影してプロフィールを作り、オープンに備える予定だった。

すでに一年近く大学に行っていなかった私が、初めて部屋に迷い込んだのは前日の深夜で、私が勤めるのと同じビルの違う飲み屋に在籍していた梨絵さんと一緒だったことを除けば、足のあたりに丸まって寝静まっていた女も、ソファで寝ていた二人の男も、黒髪の男も、知り合いではなかった。だというのに私はその日から風俗店が開業する直前までその部屋に何度も通うこととなる。その部屋から飲み屋に出勤し、その部屋に戻ることもあった。もうすぐ商売を始める部屋の、まだ何も始まっていない時間は私をからめ捕った。部屋には当面何の役割も与えられていないのだから、そこに行く理由や目的は当然私になかった。私は行く理由のあるはずの大学や役所や病院や、他のすべての場所に行かずにそこにいた。

酸っぱい匂いのするマンションの部屋で初めて目覚めた日の前日、私は飲み屋の仕事を終えて、梨絵さんと、梨絵さんの勤める店のいい加減なボーイと連れ立って韓国料理屋の五階にある裏カジノへ遊びに行った。二十三歳だった梨絵さんは、私の店よりワンランク値段の高い店で人気のホステスで、ビル内の同じヘアメイク室を使っているうちに仲良くなった。県内出身の女ばかり多い中、同郷と気づいてからは、まだ親しい友人や頼れる男のいない私に特によくしてくれた。元ホストのボーイは梨絵さんがよく連れ回していた男で、何の悩みもなさそうと言われて腹を立てない狡猾さから、お金にもセックスにも困っていないようだった。人並みの事情があるというだけなのにやたら陰のある人間ばかり目立つ夜の歓楽街で、いかなる事情があっても明るくあることを選択する人間は男女ともに愛される。ただ私は彼のムスク系の匂いの香水が苦手だった。

今から思えば四つも歳上だったからとも思うが、梨絵さんのすることは私の考え得る範囲の紙一枚分外側にあった。ギャンブルで賭ける金額も、客につく嘘も、男の裏切り方も、ほんの少し私の常識からはみ出していて、私はおそらく、そのような彼女に連れて歩かれることにそれなりの特権意識を持っていた。地元でははみ出したように扱われてきたはずが、大きな街の賑やかな夜に紛れてしまうと私はどこからもはみ出しておらず、むしろとても綺麗な小さな箱に入って育ったように思えた。梨絵さんの遊びは、お嬢っぽいねと言われる私の育った箱の外にあって、裏カジノに連れて行かれるのも初めてではなかった。

ボーイの携帯に彼が「先輩」と呼ぶ人から連絡が入ったのは、ちょうど梨絵さんが牛タン食べたいと言って、カジノのあるビルから外に出ようとしていたときだ。日付はとっくに変わっていても、外はしっかりとした夜が続いていた。

「俺のいたチームの先輩。今度デリヘルやるんだって」

もともと滑舌の悪いボーイが携帯を一瞬顔から離して、こちらの反応を窺いながら、何かを頼み込むようにそう言った。ビルとビルの間にある赤い自動販売機の前でマッサージ屋の女が、客らしき男に拙い日本語で文句を言っている。空は黒に近い闇に染まっていても、道路は車のライトや街灯にビルや店から漏れ出る光で明るく、自販機の前はさらに明るかった。梨絵さんは取っ手がチェーンになった大きいモノグラム柄の革鞄をわざと揺らしながら歩き、フルスモークの国産車にクラクションを鳴らされていた。

「まさか働けっていうわけじゃないんでしょう」

革鞄を投げつけるようにボーイの腰に当てて、梨絵さんはつまらなそうに、働くことはもちろんのこと、女を紹介して仲介料をもらうことも興味がないし面倒だと言いながら、単に遊ぼうって話ならいいよ、と先輩に呼び出されたボーイに気を遣ってか、おおらかなことを言った。ボーイは口角を露骨にあげて目尻を下げ、梨絵さんの優しさに感謝している様子だったので、私は牛タンを食べて帰るよりはドラマチックに夜が延長することを悟った。それは嬉しいことだった。

　ボーイが口にしたようなことは、まだ高校を出て一年余の私でも聞き慣れたものだった。十九年前の首都圏近郊では店舗型風俗の勢いがすっかり衰え、無店舗型の開業ラッシュが控えていた。店舗型風俗に比べて規制が緩いとか、開業資金もせいぜい二百万くらいだとか、電話と車さえ確保すればすぐお金になるとか、歓楽街で知り合う男の子たちは開業すべき理由を並べ立てていたが、彼らの多くは単に、追い詰められるほど貧しくもなければ、満たされるほど豊かでもなく、余っている時間と若い女を使って、なるべく苦労せずに権力とお金を手に入れようと考えていた。私は飲み屋の仕事に特別な愛着も勤労倫理もまして誇りも持たなかったが、かといって浅はかな男の夢を補完するために阿呆のふりをして話に乗ってあげるのも気が引ける。それに、それほど貧しくも厳しくもない環境に生まれた私にとって、まだ手に入れていないもの全て、本気を出せば手に入ると思えていることと、売り払えるものが手元に残っているということが重要だった。梨絵さんの反応や振る舞いもそのような感覚を共有しているように思えた。

ただ、彼が口にしたクラブはカジノのビルから歩いて行ける場所で、私も梨絵さんも、まだ前日の夜を終えたくないと思っていたのは確かで、夜を延長する誘いには足取りが軽くなる傾向があった。あの頃、私はおそらく日付が変わり週が変わり年齢が変わることに一定の憂鬱を感じていて、ぎりぎりまで時間の進むのを遅めて、一日を終えるのを先延ばしにしていたかった。

階段を降りて案内された席は、男三人女一人がコの字に囲うテーブルで、手前にいた黒髪の男が、ボーイが先輩と呼んだ人らしかった。その向かいは同じく二十代半ばに見える金髪の男で、奥に座るスタンドカラーのスーツを着た太った中年男とその横の背が低く異様に胸が大きい女は、そろそろ帰るような素ぶりを見せていた。

フロアとはガラスで隔てられたその席は薄暗く、全体的にほのかな煙草の匂いと、女もののの香水と男もののの香水がちょうど半分ずつ混ざったような匂いがした。換気がいいのかむっとするほど煙が充満してはおらず、時々漂ってくるお香を焚いたような香りも不快ではなかった。簡単な紹介に加えて開業を控えている無店舗型の風俗店について再度アナウンスしてきたボーイは、黒髪の左手にさっさと遮られた。

「友達で働きたい子とかいたら教えてよ、とりあえず飲もうよ」

黒髪男は太った中年に許可をとってから私たちを席に座らせ、好きな飲み物を注文させた。ボーイはテーブルを囲うソファ席には座らず、フロアとそのVIP席を隔てるガラスの手前の低い壁部分に軽く腰かけている。テーブルの上に二つ並んだ脚付きの器に山盛りになった白い粉が、当時流行していた麻酔薬の一種だと気づくのには時を要した。ビニールの小さな袋から細いストローで吸引される様子は見たことがあるものの、仏飯器の白米のように盛られているのは見たことがなかった。

そのようにして提供されることが珍しいのかどうかもよくわからず、私は黙って見ていた。

私が黒髪男の、梨絵さんが金髪男の横にそれぞれ座り、煙草と携帯をテーブルの上に置いて、時々目配せしながらバッグは膝の上で抱えていた。飲み屋の仕事ではロッカー・ルームで店用の服に着替えるので、私はいい加減なスウェット生地のワンピースを着ていて、その灰色の安い服と濃いピンク色の高級革鞄が不釣り合いなようで、少し気になった。

「これ、すごいですね」

自分のことをうみと呼んでいた異様に胸が大きい女が細いストローを麻酔薬の山に差し込むのを見て、梨絵さんが金髪男に言った。合法だからね、普通に病院で使われてるんすよね、と金髪男は太った男に同意を求めるような言い方をしたが、胸の大きい女は構わず、ストローの先端に少しだけ粉を含ませて、それを自分の鼻に入れて吸い込む。

「いいよ、やる？」

奥から太った男がテーブルの上の細いストローを一本とって梨絵さんの方に差し出した。梨絵さんは火のついた煙草を灰皿に寝かせるようにして置き、モノグラムの大きいバッグを抱えたまま少し腰を浮かせて右手でそれを受け取る。デニムの上着と黒い細身のパンツの間から白い肌が一瞬見えた。仕事を上がってまだ二時間も経っていなかったので、アップにセットした髪はそのまま綺麗にまとまっている。週刊誌のキャバクラ特集に何回も写真が載った梨絵さんはカラコンをしていると西洋人風に見える細身の美人だ。背は平均より少し高く、ピンヒールを履いているのでさらにすらっとして見える。太った男が私の方もチラッと見たので、ソファの上で跳ねる様な仕草をして手を伸ばし、私もストローをもらった。派手な顔の梨絵さんとしょっちゅう並んで歩いていた平均的な顔で背の低い私は、存在感を主張する大袈裟な仕草が癖になっていた。

ストローを山に挿して、最初はほんの少しだけ粉を掬い、片方の鼻の穴を左手の小指の第二関節で押さえて吸い込んだ。吸い込んだ瞬間は特に何も感じないが、数秒経つとフロアに鳴っている音楽が一音一音はっきり聞こえるようになった。ガラスで囲われた席はフロアより一段高くなっていて、フロアの様子は気にならなかった。フロアの方も、こちらを気にしている気配はない。平日の客の入りはまばらで、私たち以外にVIPに入っているのはひと組だけだった。

「それだと少ないでしょ、これくらいがいいよ」

黒いスウェット素材の上下を着た黒髪男が、自分のストローに少し溢れるくらいの粉を含んで、一気に鼻から吸い込んだ。

「この間、後輩が鼻血止まらなくて病院行ったたって。チクノウエン？　チクノウショウ？　もともと鼻炎がどうのとか言ってたけど」

少しにやけてそう言った金髪男はブランドもののデニムを穿いて、シルバーのいかにも重たそうなブレスレットを腕を振るようにして終始回している。よく見ると、前歯が少し欠けていた。

店で仕事中に飲まされたシャンパンが胃のなかに残っていたせいか、濃いジントニックと麻酔薬がそこに混ざって視界が少し狭まり、梨絵さんと金髪の背景に微かに見えるフロアが滲んできたので、テーブルの上にある煙草を取るついでに二つ折り携帯の外側の窓表示で時刻を確認すると午前四時を回っていた。太った男の隣の胸の大きいうみちゃんは目を数秒つぶったり、急に曲に合わせて身体を揺らしたりしている。

「まぁ、物件無事に契約できたならよかったよ、あとは女だろうけど、引き抜く時気をつけろよ」

太った男が身支度をするような仕草を見せて、会話を締めようとしたので、黒髪と金髪にはちょっとした緊張感が走り、ハイ、とか、アリガトウゴザイマス、と言いながらみんなが中腰になった。うみは薄目を開けて、太った男が帰ろうとしていることを確認すると、待ちくたびれたと言いたげに機嫌悪く先に立つ。

「そのままで」

中腰になる周囲を手で制して、太った男は女を連れ、見送りを許さないスピードで立った瞬間にフロアの奥の通路に消えた。お前外までお送りしてこい、と言われた元ホストのボーイは、ハイ、と言ってそれを追ったが、二人は早々と店の外に待たせていた車に乗り込んだらしく、すぐに戻ってきた。これ、と言って太った男に渡されたのであろう個包装の錠剤をいくつか黒髪に渡す。赤っぽいそれが何かは私は瞬時にわかった。コリアンのホステスが大好きなやつだ。自分の借りている部屋から川沿いを下ったところにいくつかある韓国クラブには、飲み屋の客に連れられて何度か行った事があった。

太った男がいなくなると、三人の男は一気に緊張感が緩んだのか、それぞれ深くソファに身を埋めて携帯を開いたり、仏飯器風の入れ物に入った粉を一気に二回も吸い込んだりし始めた。ボーイは、何か約束があるのか携帯をしきりに開いて時々何か文字を打ち込んでいる。テーブルの上が急速に、脈絡なく散らかり出す。テーブルを凝視していると、鼻の奥にかすかな吐き気がある気がして、私は半分も燃えていない煙草を消し、ソファに背中を押しつけてしばらく黙っていた。

「デブ様帰ったぁ」

携帯でどこかに電話をかけていた金髪がにやけながらそう言うと、向かいの黒髪は百円ライターを金髪の額めがけて投げつけ、金髪は余計笑ってそれを器用にキャッチし、お前マンション？　などと電話を続ける。

「今のは、普通の日本のヤクザだけど中国人でいい人」

些か反応に困る黒髪の説明を聞きながら私はなるべく姿勢を変えずに何度も頷く

だけ頷いた。梨絵さんは私以上に酒にもクスリにも弱いので、さっきから目を瞑ってじっとしている。気づけば毎日しているニューヨークに本店のある高級宝飾店のダイヤのピアスをすでに両耳とも外していた。店が終わった後、深い時間まで遊んだり強い酒を飲んだりしている時は必ず、酔いが回り切る直前でピアスを外してその宝飾店のシグニチャー・カラーであるミントブルーの小さな巾着に入れる。一度聞いたら、客にもらったものではなくて、初めて月の売り上げが百万を超えた時の給料で自分で買ったものだと言っていた。

電話を切った金髪は、マリアって子来てるらしいよ、と言った。タイミングを見計らっていたのか、梨絵さんの後ろに立っていたボーイが、自分も今日はぼちぼち、とわざとらしく申し訳なさそうな顔を作り、黒髪はすかさず手首の先を軽く上げて、構わない、というような仕草をした。私は梨絵さんと目でも合わせたかったが、当の本人は金髪にもたれかかるようにぐったりして目を閉じている。せっかく整ったままだったアップ・スタイルの髪が崩れ出していた。私はもう一本煙草に火をつけてみたが、思っているよりずっと不味かったのですぐに消し、バッグからコンパクトを出して自分の顔を見ると、黒目が異様に大きいように見えた。ボーイは今にも立ち去る様子で私に目で合図をしてきたが、それが何の合図なのかはよくわからなかった。金髪と黒髪の話す様子では、どうやら私と梨絵さんはボーイが帰った後も彼らに付き合うことはすでにほぼ決まっているようだった。

金髪が梨絵さんを抱きかかえるように立ち上がり、梨絵さんは具合が悪そうにテーブルの上の煙草と携帯をバッグに詰め、黒髪は全部もらいたいくらいだわ、と笑いながら二袋の小さなビニールに仏飯器の粉薬を雑に詰めて、私の脚を摑むようにして立ち上がったので私もそれに続いた。気づくとボーイはもういなかった。

ぞろぞろとクラブから出ると、外はまだ辛うじて薄暗く、やや冷たい空気に反応したのか、梨絵さんがようやく目をしっかり開けて、どこ行く感じ？　と私に聞いてきたが、私もそんなことは知らない。外は少しだけ排気ガスの匂いがする以外は無臭に感じた。どこからともなく湧いて出た、坊主頭の男が黒髪から鍵を受け取って立体駐車場に車を取りに行き、私は斜向かいのコンビニで煙草を二箱買った。いらない広告や役所からの通知やカードの請求書が詰まった郵便受けが門番のように立ちはだかる自分の住むマンションにそれほど帰りたくはなかった。座れるのであればどこでもよかった。席を立った瞬間から、厚底ヒールのサンダルの紐が足に食い込んでいる。

「ソファ今日来たはずだしさ、テレビと布団もあるよ。俺らもまだ泊まったことないんだよね。冷蔵庫まだないか」

坊主が運転する白いセルシオの後部座席に梨絵さんに続いて乗り込むと、助手席の黒髪がそんなことを言った。金髪は私の後ろから最後に乗り込んできて、ああ灰皿もなかったな、と言った。どうやら新しく開業する風俗店の事務所として借りたマンションで、飲み直そうということらしいとその時なんとなくわかった。坊主の運転は思いのほか快適で、街はネオンの光と朝日のちょうど狭間で揺らいでいる。

「私明日の午後美容院だわ」

梨絵さんが携帯で時間を見ながら気だるそうに言った。梨絵さんの家は私の住む家から線路を渡ってさらに川沿いの方に抜けた、かつて関所を隔てて日本人居住地側とされていた場所にある。マンション自体は新しくて綺麗だが、治安の悪い場所だった。

「美容院、家の近くですか？」

「いや、店の近く」

「私も今日早く帰ったら明日くらい大学行こうかと思ってたんですよ。今週中に一回は行って、せめて履修登録だけでもしないと」

「学生なの？　女子大？」

助手席の黒髪が口を挟んだ。

「違うけど、行ってないし、短大にすればよかった」

「梨絵ちゃんも学生？」

今度は私の隣の金髪が少し頭を上げて喋りかける。坊主は窓を少し開けて、静かに運転している。窓から入ってくる空気は冷えてはいるが澄んではいなくて、時々生ゴミや居酒屋の匂いが混ざる。さらに前の二人がセブンスターを吸っているので、流れてくる汚れた空気が私たち三人が座る後ろの席の方に滞留している気がした。

「ううん、もともと看護の専門行ってたけど三年の終わりの方でやめちゃったの」

「え、看護ってそもそも三年で終わりじゃないの。昔の女がナースやってたんだよ」

「そう、めちゃくちゃ勿体無いんですよ、梨絵さん」

以前聞いていた話だと、高校卒業当時梨絵さんが付き合っていたダンサーの彼氏がこの近くに住むあてがあって、一緒に住むためにこの街の看護学校を選んだ。彼とは子ども堕ろすの堕ろさないので揉めて別れて、結局子どもは堕ろして、そのまま一人暮らしになり、残り一年の学校を何とか卒業するためにバーのバイトをやめてホステスになったのに、なぜかあと一度だけ残る試験を受けずに退学したらしかった。

「うん、でももともとナースってうちの母親の夢で、母親は貧乏だったから早くに結婚して結局学校行けなくて、私ナースになったらめちゃくちゃ喜ぶだろうなぁってだけだったんだよね」

「いい話じゃん」

助手席の窓を一気に開けて煙草を誰もいない歩道に真っ直ぐ放り投げながら黒髪が言った。煙草の火は消えていなかったが、歩道に歩く人の、まして子どもや年寄りの姿はなく、特に問題なくアスファルトを転がった。

「でも、うちすごいカソリックで。特に母親が。子ども堕ろしたのが彼氏の友達経由でバレて、縁切られた」

「カソリックって子ども堕ろしちゃいけないんですか？」

車は大回りでターミナル駅の西側に出て、どうやらもう目的地が近いようだった。坊主が小さい声で黒髪にコインパーキングの場所の確認をしている。

「うちはダメ。超無理。結婚するまで処女じゃなきゃダメだもん」

「聞こうと思ってたけど、梨絵ちゃんてハーフ？」

「違うよ、よく言われるけど。カラコンのせいだよ」

「いや、高校の連れでフィリピンのハーフの奴もクリスチャンだったから」

金髪と梨絵さんが神様の話題で盛り上がる一方、前の二人はコインパーキングの監視カメラを指差して、この位置が空いていればナンバーは映らないから平気だとか、足で踏めばなんとでもなるとか、連続でやるとバレるから料金が少ない時は払う方がいいとか、たまに向こうのパーキング使うとか、そんな話をしながら、車はバックで停車位置まで下がって止まった。監視カメラに映らないなら、神様も見ていない。私はどちらの会話にもそれほど肩入れできず、そんなことを思った。

あと一ヶ月もしないうちに客を待つデリヘル嬢と電話を受ける男たちが出入りすることになるという部屋は重厚な造りの年季の入ったマンションの中にあり、そのマンションの真裏に時間貸しのコインパーキングはあった。車を降りた私たちは全員でマンションの裏口らしき暗い入り口から中に入った。

「1、1、0、2、だから」

と言った黒髪は別にその番号を押すわけでなく、鍵をインターホンの画面下にある鍵穴に入れてエレベータホールへの扉を開ける。坊主はそのまま突き当たりにある正面の入り口から、じゃあ明日夕方顔出しますんで、と言って迷いなく大通りの方に抜け出て行った。蓄膿症の後輩とは彼のことなのだとなんとなく思いながら、私は梨絵さんと、数字覚えられないとか、来ることあるかなと笑いながらエレベータに乗り込む。防虫剤の匂いがしていたエレベータは私たちが乗り込むと一気に香水の匂いになった。梨絵さんのつける、イタリア・ブランドの女物の香水が最も強く主張していた。ドアが閉まり、数秒の間を開けて身体の外側と内側がずれていくような上昇の中で、男二人のどちらかが、さっき赤玉いくつもらった、などと聞くのが聞こえた。

マンションに入る時には結構身体が冷えていたのに、借り上げたばかりの物件の中は外より寒くて、しかも中にいた男女がエアコンをつけずに缶ビールを飲んでいたので、しばらく身震いしていた気がする。プロ級のサーファーだと周囲に煽てられていた男が、黒髪らと一緒に風俗を開業しようとしている三人目の男だった。ハーフパンツにTシャツという軽装で、髪が短く顔が長かった。その部屋にはその後も何人もの男が出入りしていたが、直接的に事業を始めるのはこの三人で、他は先輩や坊主らを含む後輩やただの友人が、広い自由な物件目当てに、あるいは多少の出資や入店希望の女の紹介に、訪れていたのだと思う。

初めてマンションに入ったその夜には、顔長男《かおなが》のほかに、かなりガタイの良い作業着の男がマリアという女を連れてきたようだった。金髪や黒髪の様子からすると、ガタイの良い作業着は一つか二つ歳上の先輩らしかった。根本が二センチ近く真っ黒になった黄色に近い金髪を雑にカールさせ、厚化粧に見える厚化粧を施したマリアという女は、すでに顔長男が形ばかりの面接をして、風俗で働くことが決まっていた。マリアですぅ、と自己紹介したその子はおそらく最初は私と梨絵さんのことも、今後一緒に働く女だと勘違いしていたと思う。最初は嫌に人懐こくて馴れ馴れしい気がしたけれど、聞けば私と同じ生まれ年で、ハタチになったばかりというのでその後は割と親しくなった。梨絵さんは私の耳元でボソッと、私のクリスチャン・ネームと同じだ、と言った。梨絵さんが洗礼を受けていたのも、母親に絶縁されていたのも、私はその日初めて知った。知らない人と出会うと知っている人の知らない面にも同時に出会うものらしい。

部屋が暖まって、真新しいソファに座ってみると、私を含めてクラブから来た四人は自分らが思っていたよりずっと酔っ払って疲れていることに気づいた。それでも、ヤクザがくれた赤玉をやろうかという話になって、誰かが部屋に置いてあったストロボ・ライトをつけ、安いスピーカーで音楽を流した。そこにいる人の動きがライトのせいでコマ送りのようになって、私の記憶もやはりそのあたりから、映像の滑らかさが消えて、酒の匂いと煙草の煙がついた写真のようになる。断片的なコマを繋ぎ合わせようとしても、どれが一番先にきて、どれがそれに続くのか見当がつかないし、どの順番でめくっても差し支えないようなものばかりだ。誰かが立って音楽に合わせて踊り、誰かがトイレに立って、誰かが大袈裟に転んだ。

そんなに長い時間飲んだり騒いだりしたとは思えない。身体の限界のようにリビングに連なる畳の部屋に倒れ込むと、多分黒髪が入ってきて、私は布団を借りる手前、抵抗せずにその肉体を受け入れたが、彼は射精はしていないと思う。ほとんど気を失って起きた時に私の足のあたりに丸まって寝ていたのはマリアで、苦い顔をした黒髪が洗っていたゴミ箱に何度も嘔吐したのはどうやら梨絵さんらしかった。煙草にゲロの匂いが混ざって寝起きの私も吐きそうだった。

なぜそれからしばらく、その部屋に通うようになったのか、どんな申し合わせがあったのか、誰かに好意があったのか、全く思い出せない。休みの日は昼間から遊びに行くこともあったし、梨絵さんも時間が合う時にはそこにいた。誰かが住んでいるわけでもなく、まだ仕事を始めているわけでもないその部屋には、大抵男が何人かいて、女も数人出入りしていた。別のデリヘルに勤めていて移籍を希望している子もいれば、誰かの彼女もいれば、誰かが指名しているホステスもいた。見たことがない男が一度や二度だけ遊びに来ることもあったし、西口付近で見かけたことのあるスカウト・マンの姿もあった。

開業に直接関わっていた三人の他に、パソコンに詳しい後輩は毎日のように見かけた。時折やってくる蓄膿症の坊主と同い年らしい彼は眉が細くて痩せていた。マリアは新幹線の駅の近くにある飲み屋に在籍していたらしいが、ホストクラブ通いの支払いが滞っていて開業を心待ちにしていた。担当ホストは乱暴で背の低い男だという。やばいの、売掛二〇〇超えてて、と確か最初に泊まった日の翌日、駅ビルの上の米国の都市名のついたカフェでベーグルを齧りながら言っていた。一緒にマンションを出てきた梨絵さんは、具合悪いし美容院の予定があるからといって駅まで一緒に歩いて西口前の広場で三人で煙草を吸った後、カフェには寄らずにタクシーで帰った。カフェに入ってもマリアの脚はずっとビニール臭かった。

数年後、一度だけマリアにメールをしてみたことがある。たまたま街で、金髪男を見かけたからだった。久しぶり、とか、あの金髪覚えてる、とか、送信したのはそんな短いメッセージだが、それでも五年以上連絡を取ってない宛先を見ると少し緊張した。結局、送信したメールは一分も経たないうちに宛先不明で戻ってきたのだった。その頃、周囲の知人が一気に国産から海外メーカーの携帯に乗り換えていたので、メール・アドレスが変わっていることは何も不思議ではなかった。そもそも私自身がメール・アドレスを変えるたびに、連絡をしていたかどうかだって怪しい。その時どんなアドレスだったか思い出そうとしたが、思いつくのは単に名前と苗字をつなげた前の会社のパソコン・メールのアドレスだけで、過去に使っていた携帯のアドレスは一つも思い出せない。

大きな乗り換え駅に連結するような形で建つ、若者向けの衣料品店が多く入居する駅ビルのカフェで別れたあと、私は結局大学には行かなかった。飲み屋には辛うじて出勤したが、その後は再び梨絵さんと合流してマンションのあの部屋に顔を出して誰かが持ってきたテキーラをコーラに入れて飲み、少しだけ麻酔薬を吸って、梨絵さんは再び洗面所で吐いた。その翌日には部屋に冷蔵庫が届き、飲み屋が休みだった私は結局二十四時間以上部屋にいた。そんな日が続いた。

その週の日曜、マリアがウェブサイト用の撮影であの部屋に行くと連絡してきたので、私も早くから遊びに行くことにした。午後に起きて西口の駅ビルで化粧品を買ってからビジネスホテルとファッションビルの間を通って橋を渡り、ラブホテルの通りに向かっていると、後ろから軽いクラクションの音がした。黒髪が運転する白いセルシオの助手席には顔長男がいる。もう五分も歩かずにマンションに着く距離だったが、私は煙草臭い後部座席に乗り込んで、運転席の後ろのポケットに入ったカップ型の携帯灰皿を手に取って窓を開けて自分の煙草に火をつけた。灰皿を開けると煙草だけではない、プラスチックが焼けたような不健康な匂いがした。助手席の顔長男が窓から吸い殻を道に投げて、あぁ灰皿また買うの忘れた、その後ろのやつとりあえず上に持っていくか、と言った。

「今日、新しい女の子来てるんだけどさ」

いつものコインパーキングで車をバックで駐車しながら、黒髪がバックミラー越しに私を見て言った。

「ユリカちゃんが連れてくるって言ってた前のお店の子？」

冷蔵庫が到着した日、金髪男が以前付き合っていたらしい女が、黄金町の箱ヘルで働いている友人を紹介しにやって来た。連れられて来たユリカという子は二十五歳で、美人ではないけど肌が白く足が細くて、短い栗色の髪をきちんと巻いてセットしていた。シフト制の店舗よりも自由出勤の無店舗型に移りたいと思っていたらしく、今の店にいる同い年のもう一人も紹介できると言っていた。

「そう、ユリカちゃんは割とアリでしょ？」

「うん、二十五に見えないよね、かわいい」

「マリアもまぁアリじゃん。すっぴん酷いけど」

「ギャル好きは好きでしょ」

「ユリカちゃんが連れてきた友達はなかなかな感じらしいのよ」

同じパーキングの中に白いアリストが停まっていた。パソコンに詳しい眉細の車で、踏切で火花が散りそうなほど車高を低く改造している。なかなかな感じと言う時に顔長男が笑ったので、それが悪意ある表現なのはわかったが、私がとぼけて可愛いってこと？　と聞くと、顔長男はさらにわざとらしく吹き出して言った。

「とりあえず上に行けばわかるよ、顔というより体型が問題らしいわ」

顔長男も黒髪も、マンション内で撮影した直後の写真が送られてきたのを携帯画面で見ただけのようだった。私は後部座席用の灰皿を手に持って車を降り、顔長男が鍵を開けるのを待って、後ろから来た黒髪と三人でエレベータに乗り込む。今度は男のどちらかがつけているフランス製の香水の匂いが防虫剤を凌駕して強く匂った。夜に一人で来るときに、マンションの中で他の住民に会ったことはないが、さすがに夕方前は結構人の出入りがあって、表口の方にある集合ポストにも若い男が見えたし、エレベータに乗り込む時も三十代くらいの女とすれ違った。ここ住んでる人どういう人だろう、と聞くと、顔長男は家族っぽいのも会ったことがあるし、老人もいる、と言っていた。確かに駐車場の横の駐輪スペースには子ども用の補助輪付き自転車や前に子どもが乗せられるママチャリも停めてある。駅から近い頑丈なファミリーマンションで子育て中の家族は、真上で女の肉体が時間いくらで切り売りされる店が開業を控えてるなんて知らないのだろう。ただ、道の先にはラブホテルが並んでいるわけで、風俗業者としても譲り難い立地であるのは間違いない。

部屋に入るとまだ明るい時間なのに人口密度が高く、玄関には厚底ヒールやスニーカーや細いストラップのサンダルが脱ぎ捨てられ、金髪や金髪の元彼女の渚ちゃん、マリア、この間一度会ったユリカの姿も見えた。私は自宅を出る前に梨絵さんにも連絡していたが、今日は馬主のお客と競馬を見に行くと言って来られないようだった。

　渚ちゃんはしきりに、タイの雑貨店で売っている、鼻から吸い込むミント・スティックを両手に挟んでコロコロとやっては、その手の匂いを嗅いでいる。私を見つけて、あ、来たぁとあやふやな声を出したので、スティックの中にミントだけでなく麻酔薬を仕込んでいるのだとわかった。撮影中渚だけ暇だったんだけどね、これね、手でくるくるすると手がハッカの匂いになるんだよぉと言われて、私は座るなり渚ちゃんの右手のひらの匂いを嗅がされた。ハッカというよりヨダレの匂いがする。

「みんなもう撮影終わったんでしょ、今日は時間大丈夫なの？　ピザでも頼むか。ユリカちゃんは？　今日は？」

黒髪が床に置きっぱなしになっているストロボ・ライトを左足で慎重に畳の部屋の方に押し出しながら言った。靴下が汚い。特にユリカに予定を聞いたのは、三歳の小さな子どもがいることを気遣ったのだろう。男は母に弱い。私は車から持ってきた灰皿をローテーブルの上に置いたが、すでに空き缶やのど飴の缶が代用されていて、そのどれもに細い女煙草とセブンスターが詰まっていた。部屋全体が煙草と蘭草と男ものの香水を煎じたような、さらに煙草を水に濡らしたような不気味な匂いだった。

「今日、妹も母親もいるから平気ですー。最近、妹が仕事変えたから日曜日は大体いるんで、お店始まったら日曜はフル出勤したいんだ。チカちゃんどうする？」

ユリカが、自分の連れてきた同じ風俗店で働く女の子に聞いた。チカちゃんは確かに絶望的に顔が悪いわけではないが、下半身を中心にかなり重みのある身体付きをしている。キャバクラに来る年輩の客はガリガリに痩せた美人よりも、若干野暮ったくて二の腕が太い大学生なんかを指名しがちな気がするが、チカちゃんの体型が色っぽく見えないのは多分背が結構高く、骨が太いのか柔らかさに欠けるからだ。それに、膝下丈の分厚いスカートを穿いているから余計に体積が大きく感じられる。丈夫そうな体型だと私は思った。丈夫さは生き物として優良な特性だとは思うものの、男の庇護欲を刺激はしない。ただ、ピザは似合う。

「どうしよっかな。でもテルちゃんいるなら、私もいてもいいですか」

「あ、私、本名照子《てるこ》だから。ユリカは今度の店で使おうと思ってる名前で今の店ではユリナ」

チカちゃんの言葉に目で頷いてから、ユリカは私にそう言った。

「照子はちょっとウケる。チカちゃんは本名？」

私自身も名乗っているのは源氏名だったが、なんとなくチカという名前は源氏名じゃないような気がして聞いた。初めて話しかける上に私の方が年下なのだから敬語にするべきだったただろうか、と思ったが、チカちゃんは良い人らしく、うん本名だよーと教えてくれた。ユリカとチカちゃんはもともと同じ地元の中学校に通っていて、今の箱ヘルにチカちゃんを紹介したのもユリカらしい。渚ちゃんはスティックの蓋を外して鼻に突っ込んだままぼんやりしているが、マリアはピザ、ピザと言いながらどこから持ってきたのか宅配ピザのメニューが載っているチラシを広げている。三つのチェーン店のチラシがあったが、私は耳の部分にチーズが入っているピザが食べたかったので、三つを見比べるマリアの前から他の二枚のチラシを取り上げて、これ、と残った一枚のチラシの大きな新商品の写真を指差した。マリアは黒髪に何枚頼むか、何系がいいかなど確認している。

「ピザなんてどれも同じ味だろ。あ、野菜だけとかやめてね。あとポテト的なやつも適当に頼んで」

オッケーと言ったマリアが全部自分で選びそうな勢いでチラシを床に置いてじっ

くり検討し出したところ、ジーマの瓶をほとんど飲み干した顔長男がちょっと見せろよ、とチラシを奪い、このツナのやつは欲しい、唐揚げとオニオンリングもつけてなどと色々注文を付け出した。チカちゃんとユリカも同調して、オニオンリング大好き、などと言い、マリアはチラシを奪い返しながら、悪い頭で覚えきれない注文を、別の整骨院のチラシの裏に書き留めている。

最初にここに泊まった日、私が黒髪と射精なしの適当なセックスをしている間に、マリアは顔長男とフェラチオから挿入と射精まで完了したと言っていた。その日から、メールの様子ではマリアは顔長男になんとなく気があるような素振りを見せていた。

写真の顔部分にぼかしを入れる作業をしていたらしい細眉の後輩がパソコンを持ってきて、マリアやユリカにこれでいいか、と確認しているとピザが到着した。細眉は実家が公務員らしく、専門を卒業して現在はＳＥをしていると言っていた。プリンタなどが納入された日に一度だけ、里《さと》ちゃんという彼女を連れてきていた。里ちゃんはお酒を飲まないらしく、みんながお酒や赤玉をやり出すと、しばらくして細眉が送っていき、すぐに細眉だけが戻ってきた。その時、この二人は結婚するのかもしれない、と何となく思った。

仕事が始まり終わる訳でもなく、誰かが生活するわけでもなく、目的をやり遂げることもないこの部屋は、ほとんどの人が特に来る理由も持っていないが、何か外に出る予定や立ち去る意志がないと出ていく理由もないのだった。道に座って時間を潰すほど若くはなく、一日を理由のある時間で埋め尽くしてしまうほど諦めてもいない私たちは、夜になると地上からここ十一階まで上がって、浮くようにそこに居た。路面が見えないほど高くはないが、路面にある危険からは守られている。日本がひっくり返るか、どこからかテロリストの乗る飛行機が突っ込んでくるか、そうでもしなければここを汚すものはない。

「ここにチーズ入れなくてもさ、ピザってそもそもチーズまみれじゃん」

黒髪男がそういいながら、二切れめのピザを上から垂らすようにして口の中に入れた。左手で煙草を持ったままだから、口の周りについた油やトマトソースはそのままになっている。煙草を吸うかピザを食べるかどちらかにしてほしいと思いながら私は、中に入ってるのと上にのってるのは違うチーズなんだよ、と言った。

金髪は少食なのかピザ一切れを半分だけ食べて紙のボックスの蓋部分に残りを放置して、渚ちゃんから奪ったミント・スティックを両方の鼻で一回ずつ吸った。もともと渚ちゃんは私や梨絵さんが働くビルの向かいにある、ショータイムに女の子がステージからホースで水を撒く店に勤めていたらしいが、その後移籍して新幹線の駅近くに新しくできたカウンターの中で接客する店にいるらしかった。ネイリストの資格を持っていて、週に何回か駅前のネイルサロンに勤めているが、いずれは出張スタイルか自宅の一角で個人でネイルをやると言っていた。初めて会った日、金髪が席を外している時に別れた理由を何となく聞いたが、浮気ばっかりするし、一緒に住んでると帰ってこない日がしんどいから、とだけ言って、それでもこの部屋で見る限りは未だお互いを誰かに譲るつもりはないように見えた。

顔長男がパソコンの部屋からポータブル・スピーカーとサイケのCDを持ってきて大音量でかけたので、一気に話し声が聞こえにくくなった。事務所兼待機所として使用する予定のこの部屋を、彼らは住居用として借りていて、だから問題を起こしたり、複数人が出入りしたりしているのがバレないよう、窓やカーテンはほとんど閉めっぱなしだった。時折途切れる視覚的な記憶が常に充満する匂いに覆われているのはそのせいもある。特に黒髪男は、変なところで時々神経質になることがあり、その時も窓が開いていないか、何度も畳の部屋とリビングを行ったり来たりしていた。ピザの宅配が来た時にも、配達員が玄関の扉を閉める前から、大麻をトッピングしようなどとふざけていた顔長男を小突いていた。まだパソコンをソファの端に載せてカチャカチャやっている細眉に、ユリカが缶チューハイを飲みながら、首のホクロを消して欲しい、と注文をつけている。

「チカちゃんは軽いぼかしでいいんだよね？　この、手でほとんど顔見えないやつはこのままで平気？」

細眉は基本的に無口で仕事熱心だ。大麻の匂いのするパイプを吸っていることはあるけど、それほどお酒を飲んで騒ぎはしない。求人広告や風俗雑誌の業者と連絡を取りあってるのも、ホームページの準備をしているのも細眉だった。みんなで飲んでいても、時間が深くなってくるといつの間にかパソコン部屋に戻っていることが多い。そして細眉のいるパソコン部屋は、具合や機嫌が悪くなった女の子の逃げる先にもなっていた。

「私は、顔が見えても別に平気なので。でも綺麗な子が顔出さずに私だけ出してるのも変だし、軽いぼかしがいいかもと思いました」

「私も妹がいなければ顔出ししたいし雑誌も出たいんだよね。雑誌に写真載せると最初から指名くるって言うじゃん。でも双子だからさ、妹が昼間働いてると気遣うよ。職場の人とか見たら大変じゃん。今髪の色とかも似てるからさ、同じ顔だし」

「双子って言ってたね、一卵性？」

前回渚ちゃんに連れられて来た時に、ユリカは双子の妹が美容部員の仕事を辞めて医療事務を始めると言っていたのを思い出した。母親と双子の妹と三歳のチビと女四人暮らしで、母親も妹も昼間にそれなりの給料で働いているらしい。ユリカの、髪の毛が荒れていないところや服に毛玉がないところ、子持ちの風俗嬢なのに肌も乾燥していなくて、バッグの中も整頓されているところなんかは実家暮らしと聞けば多少納得できた。

「一卵性よ、小学校の時なんて入れ替わっても気づかれないくらいだったもん」

「中学の時もさ、課外学習の日に同じ服で来たりして、周囲に混乱をもたらしてたよね、赤ちゃんの頃とかに、一回くらいは入れ替わってるのかもしれないね、ヒロコちゃんと」

スカートにハンカチを広げて載せているチカちゃんが懐かしそうに話した。二人ともピザを一切れずつ食べただけでお上品に缶チューハイを飲んでいる。

「名前は入れ替わってるかもねぇ。まぁ性格はだいぶ違うよ。妹は月給二十万いかなくても貯金してるし、私の財布の中身が千円きってたりすると、怒られるもん。子どもいるのに何かあったらどうするのって。確かにヘルス嬢の財布の中身じゃないよね」

「子どもいるとキャバは厳しいですよね、夜全くいないってのが。でも実家で大人三人働いてたらさ、そこまで稼げなくても何とかなりそう」

チカちゃんが、ローテーブルで冷めてきたピザをウーンと言いながら見比べて、二切れめを手に取った。海老ののっているやつだ。小さく齧るチカちゃんが、テルちゃん昔から計画性ないからなぁと少し呆れた笑顔で言った。横で渚ちゃんが金髪に寄りかかってうつらうつらしているので、その二人を無視して顔長男が私に、吸いかけのジョイントを渡してくれた。あっちの部屋でクサ栽培できないかな、などと言って、また新たに巻き紙を一枚出した。私は一服思い切り吸い込んで息を止め、ユリカを見ると携帯をいじっていたので、チカちゃんに渡そうとしたらやんわりとした手つきで断られた。

「ごめんね、私煙草とかもダメで。気持ち悪くなっちゃうの」

煙草とマリファナの煙が酸素を凌駕する部屋の中で、チカちゃんは心なしか咳き込みそうに見えた。床の上では渚ちゃんが、気持ち悪いかもぉといいながら本格的に金髪の下半身にもたれかかり、お前そこで吐くなよ、と言う金髪は全く嫌そうではなくて、渚ちゃんの両手を万歳の形で引っ張り上げてそのまま畳の部屋に消えた。マリアは、私クサ吸うと延々と食べちゃうんだよ、と言いながら同じ味のピザをすでに四切れ食べている。カーテンは基本的に閉めっぱなしにしているが、夕方から飲み始めたからか、何となくのんびりした空気が漂って、誰かが吐いたり射精したりする雰囲気ではなかった。男と女がそれぞれ分かれてくだらない話をくだらなそうにし続け、隣の部屋の渚ちゃんと金髪も、ただ寝ているようだった。部屋の外が暗いことはわかったが、閉め切ったカーテンからはビルの灯り一つ見えない。その部屋にいる間中、部屋の中だけが見えて、部屋の外は何も見えなかった。

「チカちゃんは中学の時から絶対煙草吸わないよね、みんな吸ってても。お酒は割と強いけど」

ユリカが私の手からジョイントを奪って深く吸い込んだ。自分が吸い込んでしまえば部屋の匂いは気にならなくなる。

「前の彼氏がレゲエとか好きな人で、それ以来だ」

「それ、例のあの人？　もうはっきり別れたの？」

二切れのピザを食べ終わったチカちゃんは膝立ちになって、重苦しいスカートとその上に敷いたハンカチについたパン屑を両手で丁寧に払った。私はやはり街から随分離れたところに浮いているような感覚で、いつでも戻れる街の中を部屋の内側で思い浮かべると、酷く面倒で騒々しい場所に感じられた。だからポテトをつまみ続けているマリアの後ろで姿勢を低くして、チカちゃんとユリカの親しげな会話を時々相槌を打ちながらずっと聞いていた。

「最後のアレが結局決め手になったかも。仕事でエッチしてんのに夜もするのは無理って言っちゃって」

ユリカが今度は私に報告するようにしてそんなことを言った。落ち着きのない顔長男がすぐにプレーヤーのボタンを押して曲を飛ばすので、部屋の中は低い音が鳴ったり高い音が鳴ったり、安定しない。L字型ソファは真新しく丈夫なのに、ほとんどの人が床に座っていた。

「それはダメでしょ」

マリアが慌てたように言うと、チカちゃんもやや怖い顔で大きく頷いた。

「それはわかってんだけどさぁ、そういう気分じゃない時あるじゃん。チビを妹に預けられる日しか会えないから、会ったら必ず、みたいに思うのは仕方ないけどね。生理の時は怖くて会いたいとか言えないもん」

「生理の時会えないのは恋人じゃないよ」

チカちゃんの声は諭すというより切り捨てるという響きをまとっていて、私はオニオンリングがすっかりなくなった箱から唐揚げを摘んで口に詰め込み、マリアの飲んでいたコロナビールを奪って飲み込んだ。もうあと二十四時間も経たないうちに、同伴でホテルの天ぷら屋に行くことを思うとカロリーは抑えておきたかったが、私も食欲の開け閉めがおかしくなっている。

「まぁ元々お客だし。でも、お金もらわないでするのは彼氏だよ」

「私はもともとあんまり印象良くなかったんだ、あの人。テルちゃんのこと馬鹿にして、自分の方が偉いって、自分に言い聞かせてるような感じがした。一回しか会ってないからわからないけど。お客だったのに、こういう仕事軽蔑してる気がしたな」

チカちゃんの解説するユリカの元カレは妙なリアリティを持って想像できたけど、考えてみればそのような男以外に遭遇したことがないだけのような気もした。私は飲み屋で、お高い態度で売れるタイプではなかった。体型維持はしていて化粧も丁寧ではあっても、本来的な華やかさには限界がある。場を仕切ったり、飲んでわざと無礼に振る舞ったり、時々弱い顔を見せたりしてあと一枚あと一枚とお客のお金を自分に貼り付けていく。限界まで体力を使ったり、技巧を凝らしたり、気遣いを張り巡らせたりはしない。だからまだいくらでも売れるものが残っていると信じていた。男たちは心置きなく私たちを見下すために、お金を払っているような気もする。

「そうだよね、偉そうだったしね。でも結婚できると思ってたから無駄に引きずってるんだよなぁ」

「無理に結婚することないよ。女でいいことなんてさ、子ども産めることと身体売れることくらいしかないんだから。今のうちに稼ぐのは悪くないって」

「じゃあ子どもいてヘルス嬢やってる私って最強じゃん」

私から奪ったジョイントを渋い顔で再び吸い込んだユリカは誇らしげにそう言った。それとほぼ同時に玄関から騒がしい音がして、どこかの店のホステスを連れたガタイの良い先輩が来たようだった。

確かその後、ユリカが機嫌を損ねて、チカちゃんと連れ立って早々に引き上げた。ガタイの良い先輩はユリカのことも気に入ってすでに手をつけていたようで、ユリカは一度寝た男に対して小さな独占欲を感じる性質だったのだと思う。性格の悪い元客に執着していたのもそのせいなのかもしれなかった。言葉にキツさのない明るい女だったが、聞いたことのないメーカーの補正下着とマットレスの効能についてやたら話してくるのが気になっていた。あの頃、性格の良い風俗嬢はよくその類の連鎖販売に手を出していた。

ユリカがチカちゃんを連れて帰ったことで、男たちの顔にはそこはかとない安堵が見てとれたが、今思えば私はもう少し彼女と話したかった。ユリカとも渚ちゃんとも交換した携帯番号を、チカちゃんとは誰も交換していなかった。ガタイの良い先輩はまともに挨拶することもなかったし、チカちゃんが帰ってから一つ二つ意地悪なことを言いもした。私もマリアもそれに合わせて意地悪く笑った。ところどころで、酷いとか最低とか偽善的な言葉を小狡く挟んだが、それすら笑いながら言った。顔長男が身体を揺らしておそらくチカちゃんの歩き方を真似していた。あの頃、若い頃、私はワタシを着飾るために、嘲笑する相手を常に間違えた。チカちゃんと連絡先を交換していたら、その後もメール・アドレスが変わるたびに挨拶の連絡くらい入れていたかもしれないし、本名を教えていたかもしれなかった。

ガタイの良い先輩が連れてきた口の大きいホステスが近くに住む女友達を一人呼び出したことで男と女の人数が合ってしまい、マリアは顔長男から離れないし、金髪と渚ちゃんは畳の部屋でぐったりしているし、私は細眉がパソコン部屋に引き上げるのを見逃さず、数秒あけて彼の後を追った。黒髪は私とセックスする気でいるようだったが、それが別の女に替わったところで差し支えないのを私はよく知っていた。そもそも私が黒髪と寝たのは、開業する店で働く予定もなく、誰かの彼女でもなく、ましてホステスとして指名されたわけでもない自分に、そこにいる正当性を与える最も簡単で最も効果的な方法だと思っていたからだ。黒髪は一応社長ということになっていて、それほど清潔感があるわけではないものの、引き締まった身体もいつもセットされた短い髪も当時の私の好みに合った。当面子どもを産む気もない私はピルを飲んでいて、避妊をおろそかにされたところで困ることはなく、自分のセックスに多分な価値があるかのように振る舞う女子大生たちを滑稽に思っていた。だから客と寝たことくらいはいくらでもあった。

どうしてか風俗とかデリヘルとか、そんな響きをなんとなく安っぽく思っていたのは、飲み屋にくる客の多くが、ホステスに気を遣ってか、風俗嬢というのを蔑称のように使っていたからかもしれなかった。そのうち待機所となる部屋の居心地がいいのに、そこで待機する仕事をどこか自分とは遠いもののように思っていた。私は、産むことにも売ることにも稚拙に抵抗しながら、そこにいた。理由は後づけで、それも当面のもので充分だった。

結局、細眉と私はみんなが静かになった後、パソコン部屋にあったペットボトルの清涼飲料水と残り少ない大麻を大切に消費しながら開業日が迫る無店舗型風俗の店名を考えることにしたのだった。ヘルスを彷彿とさせる、しかし店舗型風俗のようなどぎつさや滑稽さのない、女の子に嫌われない名前にしようとあれこれ案を出し合い、細眉が私の財布を見てヘルメスってどう？　と言ったり、私が細眉のスクリーン・セーバーを見てロールスヘルスは？　と言ったりしてお互いに笑った。顔長や黒髪と違って、細眉はみんなといる時よりも、二人きりになった後の方が饒舌なのだと知った。

黒髪と寝たくなかった私は、しばらく素面には戻らなそうな頭で細眉とセックスしてみたいとも思ったが、やりたがる男との仕方しか知らなかったので、カーペットに座ったまま孤独だった。腹減ったと言いながらパソコン・デスクの下の引き出しを漁った細眉が、こんなもんしかねぇなと言って食べた栄養補助を目的としたお菓子の名前をもじって、私は実際に使われることになった店名を口にした。いいじゃん！　と言われて、嬉しかった。明日トップ・ページ作るわと言った細眉が車高の低いアリストで送ってくれたので、私はその夜、自分のベッドで寝た。アリストの中はバックミラーに吊るした芳香剤で甘い匂いがした。

深夜にマンションを出る時、リビングで煙草を咥えた顔長男が、上半身にTシャツを着たままマリアの腿の間を腰でついていた。アリストの中で細眉は、言っとくけどあれロールスロイスじゃなくてランボルギーニだから、と笑った。私は細眉の彼女になってみたかった。細眉が一度連れて来た彼女の里ちゃんはそれほど華やかなわけでもガリガリに痩せたモデル体型でもなく、私から見ればごく普通の女の子だったし、私はその里ちゃんのようになりたいわけではなかった。ただなんとなく、その席を私はもう少し楽しく使えるような気がして、細眉への恋心をでっち上げていた。彼らがチカちゃんを出来損ないの商品のようにしか扱えないのと同じで、私は彼らを子どもを産ませる男か身体を買う男に峻別することしかできなかった。

チカちゃんに会ったのはあの夜、たったの一回だけだ。デリヘルが開業した後には出勤したのかもしれないが、その後もしばらく連絡を取り合っていたマリアからチカちゃんの名前を聞いたことはないし、すぐに他の店に移ったり前の店に戻ったりしたのかもしれない。そもそも私がヘルシーメイトと付けたあの店が、まともに稼働したのは半年かせいぜい十ヶ月くらいだったと聞く。他店が乱立する中で、経費を賄えるほどの収益を得られなかったのだ。明らかに準備不足だったし、在籍する女の子や常連客がいないうちから、事務所のマンションやパソコンなどにお金をかけすぎていた。

マンションが実際に風俗嬢の待機所として使われ出して、私が彼らと会わなくなってから一年以上経った頃、突然黒髪男が私の勤める飲み屋に指名で来てくれたことがあった。開業後一ヶ月くらいは稀にメールなどで話すことがあったが、それ以来連絡を取ることすらなかったし、マリアは店が潰れるより前に川崎の大衆ソープに移籍して、相変わらず稼いだ分だけ背の低いホストに支払っていた。黒髪は、お前まだ西口の店いるのか、と急にメールを送ってきて、同じグループの別の店舗に移っていた私がそう伝えると、閉店間際にきてジンロだけ頼み、一、二杯飲んだ。他に指名客がいなかったのでアフターだと言って送りの車を断り、一年以上ぶりに白いセルシオに乗り込むと、彼は何も言わずに適当なラブホテルに入って二回セックスした。一度目、盛り上がらなかったのでハート型の錠剤を半分に割って片方ずつ飲んだが、末端が痺れたようになっただけで、心が麻痺することも、身体が敏感になることもなかった。むしろ彼の両足の間に正座して、土下座するような体勢で性器を奥まで咥えたら、胃のなかの酒やチョコレート菓子が口の中まで逆流してきたので、慌てて飲み込んだ。彼と会ったのはそれが最後で、次の年に私はあの街自体を去った。飲酒運転の取り締まりが一層厳しくなったのは、その少し後だ。

そういえば、数年前に金髪を都心の喫煙所の脇で偶然見かけて声をかけた時、ガタイの良い先輩や顔長男については話したのに、黒髪の現在については何も言っていなかった。飲み屋に指名で飲みにきてくれた時、すでに店が潰れたらしいということはなんとなく聞いていたが、詳しい現状を聞きはしなかった。黒髪は何かの販売の仕事をしているようで、車の中には段ボールに入った外国製の薬品などが積んであった。いつも煙草臭かった車の中が、新品の段ボールと薬局のような匂いになっていた。もしかしたら店を閉める時の負債の清算などで揉めたのかもしれず、思えばラブホテルでも金髪たちの話題は出なかった。

玄関に細長い靴棚が設置されると、それまで無目的だった十一階の部屋は少しだけ待機所の様相を帯びてきた。マリアなどはすでに「仕事用」と言って歩きにくそうな銀色の細いストラップがついたヒール・サンダルを棚の一番取りやすい場所に置いていた。私はなんとなく、その棚に靴を上げることをせずに、それまで通り土間に脱ぎ捨てていた。作り付けの開き扉がついた靴箱は常に誰かの靴が前に脱ぎ捨てられて開くのに一苦労だったので、誰も使っていなかった。

その日の昼、顔長男と梨絵さんと私の三人は、なぜか西口の映画館で詐欺師の映画を観た。梨絵さんが観たい映画があると言い出して、暇な二人が乗ったのだ。映画館を出た後、梨絵さんは、何度か罪や赦しという言葉を使って感想を言っていて、私はカソリックというのが途中でやめられるものなのか、国籍みたいにそう簡単にやめられないのかが気になった。一度マンションに戻ってなんとなく昼寝をしたりテレビを観たりした後、梨絵さんは同伴の待ち合わせに間に合うよう、私は月一のホステス・ミーティングに出席するために、一緒に西口まで歩いて行った。ミーティングでは、本来ドレスに着替えてから名前を書くことになっているヘアメイクの順番待ちリストに着替える前に名前を書く人がいるという議題が紛糾し、売上二位で女子大の保育科に通う生真面目で丸顔の女が、個人攻撃はやめようよ、と場を取りなしていた。前月の出勤頻度が低かった私は、売上や指名本数や同伴のいずれも三位までの入賞がなく、なぜか場内指名の本数だけが一位で、金一封をもらった。自分が客を呼んで店に貢献する本指名に比べて場内の賞金は安く三万円だったので、ミーティングが終わる前にさっさと財布に突っ込んだ。ビルを出る時、梨絵さんの店の、クラブで黒髪を紹介してきたムスク臭いボーイが物言いたげにこちらに歩いてくるのが見えたので、同い年のド派手なギャルに話しかけるふりをして無視した。ギャルの髪はストロベリーの匂いがした。

店での私は好かれても嫌われてもいなかった。同伴も売上もずっと一位のミライさんに、不調じゃん、と声をかけてもらえるくらいは認められているし、プライドの高い保育科の女に敵視されるほどの存在感はない。いくら内装にお金をかけていても、所詮は薄汚い雑居ビルの中にある店に生きる女として、代替可能であることほど安全なことはないのだから、店での立ち位置自体は気に入ってはいた。けれどそれはすなわち、私がここだけでは生きていけない理由でもあった。春から結局一度も行けていない大学であっても簡単に辞められないのはそのせいで、だからと言って小手先で授業をする教授の話を聞く気にはならない。ひとまず私は地上十一階に浮いていた。

シフトを入れていなかったので、そのままマンションの方に歩いて行くとまだ周辺は少し明るくて、ラブホテルとラブホテルの間のコンビニから、中学の制服を着た不良の少女が三人、ビニールチューブに入ったアイスを口に咥えながら出てきたところだった。少女の一人はなぜか制服に合わせたローファーを素足で履いていた。いつの間にか一番手前のラブホテルの外壁の絵が、人魚からイルカに変わっていた。それが季節ごとに変わるものなのか、長年の営業の末のリニューアルだったのか、私には知る由もない。

早足でマンションの正面からエントランスに入り、1、1、0、2、とインターホンのボタンを強く押す。ボタンは金属でできていて、中に芯のようなものがあり、ゆっくり、指先に神経を集中すると、その芯に触れる瞬間がわかる。他の住民に気遣って、エントランスで名前を言ったりはしゃいだりしないことになっていた。すぐに自動扉が開き、防虫剤の匂いのするエレベータの上昇の中で皮膚と身体の中身のずれを感じながら十一階まで昇る。玄関を開けると真新しい靴棚の前で床にぺたっと座った渚ちゃんが泣いていた。

靴棚のすぐ横のパソコン部屋のドアは開いていて、中で回転椅子に座った細眉は困ったような顔をしてコーラを飲んでいる。外廊下に向かう窓を開けて換気していたのか、部屋の空気は澄んでいた。土間に靴を脱ぎ捨てながらどちらにというわけでもなく何かあった、と聞くと、細眉が口を開くよりも先にリビングの方から顔長男が、今メールしたからさ、すぐ電話来ると思うから、と言いながら歩いてきた。いつもと同じくハーフパンツに素足で、Tシャツには英文字でSURFと書いてある。

「先週買ったばっかの靴なの」

渚ちゃんが泣き顔で叫ぶように言った。黒っぽい透ける素材のトップスの下にカジュアルなタンクトップを着て、細身のデニムを穿いている。私は床に座り込む渚ちゃんの後ろをそっと通ってパソコン部屋の入り口のドア枠に寄りかかり、背中を枠に滑らせるようにしてしゃがんだ。私もデニムを穿いていたので、しゃがむと膝の周りがキツく縛られたような感覚になった。

聞けば、渚ちゃんがL字型ソファで借りてきたDVDを観ている間に、風俗求人誌を見て連絡をしてきた女の子が面接のためにマンションを訪れたのだという。どうやら遅刻してきたその子をとにかく急いで撮影に向かわせるために、面接は後回しにして金髪が連れて出た。先週から、女の子の撮影は風俗雑誌の使っている近くのスタジオですることになった。ちょうどここに向かっていた黒髪が、マンションの下で女の子を拾ってスタジオに行く手筈だったが、何やら揉めたらしく、金髪も一緒にスタジオに行くことになり、しかもその子が撮影のためと棚に置いてあった靴を勝手に履いていった。マリアが置いていった仕事用の靴だと勘違いした顔長男が気軽に、いいんじゃない、と許可したらしいのだが、マリアの靴は棚に残ったままで、女の子が履いていったのは渚ちゃんの私物だった。

「ごめんね、俺がいいよって言っちゃったんだわ」

「アイツは私の靴だって知ってるはずだもん。見たことあるもん」

渚ちゃんはそれに気づいて金髪に電話をかけ続けているようだが、撮影中にトラブルがあったのか、金髪も黒髪もなかなか電話に出ない。一回は繋がったのだが、そっけなく切られたらしかった。

「それにしてもさ、普通まだ面接もしてないのに、たとえ店が備品で買ってた靴だったとしてもだよ、履いてかないよね、どんな子なんだろ」

私は事情を完全には飲み込まないまでも、なんとなく渚ちゃんの肩を持ってそう言った。新品に近い気に入ってる靴に他人の垢がつくのは嫌だ。どこの誰かもよくわからない、少なくともこれから風俗嬢にならんという女に、撮影用に気軽に使われるのはもっと嫌だ。それを他人が勝手に許可していたのも嫌だし、女の子ばかり出入りする場所に自分の男が日々いるのは嫌だし、元彼氏だったとしてもそれはやはり自分のものだし、自分の電話に出ない男が他の女といるのも嫌だし、全てが嫌だ。嫌なことだけが積み重なれば、とりあえず泣くしかないのもよくわかった。

「やばかった、多分。顔とかっていうんじゃなくて」

そう言った渚ちゃんの言葉は客の取り合いに負けたホステスが、相手のホステスの顔面を中傷する時と似たような作用によるものだと思ったが、実際に金髪たちが件の女の子を連れ帰ってきて、私は自分の冷たい想像について、申し訳ない気持ちになった。

戻ってきた新しい女は、顔長男が俺も悪かったけどとりあえず謝って、と言った言葉にほとんど被せるように、ごめんねぇ、なんで泣いてるの、ごめんねぇ、と喋り出した。私もそのあたりまでは、異様に痩せて、風俗嬢らしい口の形をしているけど、顔は割と可愛いなとしか思わなかった。露骨に頭の悪そうな喋り方が、彼女の生まれ持ったものなのか、男たちの求める形に変化した挙句のものなのかもよくわからなかった。飲み屋にも似たような喋り方の女は何人もいて、それは彼女たちの知能とは相関していないのだった。

ヘルスなどの非本番系風俗の仕事を、適度な休みを挟まずに続けている子は、口の位置が本来より少し前方にずれてくる。知り合いの三十歳くらいのホストが教えてくれた。そう言われて見ていると、ホストクラブの客には、出っ歯なわけでもなく、しゃくれているわけでもなく、口が全体的に少し前にもりあがっている女が多かった。彼女の口も、しゃくれているわけでも出っ歯なわけでもなく、前にずれていた。

なんとなくリビングの方に流れて行くと、細眉が面接シートと筆記用具を持ってきたので、私はL字型のソファの長い方に座って、ローテーブルの前に座り込んだ女の子をなんとなく見ていた。すでに女の子の目はテーブルの上でも細眉でもこの部屋でもないところを一点、ずっと凝視していた。正座を横に崩した足先で、黒いパンティ・ストッキングが奇妙な形に伝線している。色味のはっきりしたピンク色のカーディガンと、同じ素材同じ色のフリルのスカートも、改めて見れば彼女の心の異常を表しているようだった。香水でもシャンプーや石鹸でも、しかし体臭でもない匂いのする女だと思った。

「わかるかな？　大丈夫？」

細眉が口もとだけ笑って話しかけると、数ミリだけ開いたまま止まっていた女の子の唇が前後に動き出した。

「今日から働きたいのに」

「ええっと、雑誌見て来てくれたんだよね？　お店のオープン自体がまだあと一週間あるんだよ」

「働けるんですか？」

「一応面接シート書いて、簡単な面接だけさせてね。でもまだ女の子少ないから、ちゃんと出勤してくれるとありがたいな」

「面接落ちるとかありえないんだけど」

ラケットを叩き割ったり、勝負に出て空振りしたり、完全に見逃したりはしないけれど、余裕のある場所に綺麗に届いた球を、なぜかラケットの端っこで打って、少しずつズレた球を返し続けるテニスの試合を見ている気分だった。普段は何人かがすぐに集まるリビングには、私と細眉とピンクの女の子しかいない。渚ちゃんも金髪もパソコン部屋から出てこないし、なぜか先ほどまでリビングでＳＵＲＦなＴシャツを着てサーフィンの雑誌を見ていたはずの顔長男もいなかったし、黒髪は帰ってすぐにコンビニに行くと言って出て行った。

とりあえず書けるところだけでいいからね、と言った細眉がローテーブルの前で屈んでいた背を伸ばし、女の子が私の方を一瞬見て両眉をぐっと額の方に上げた。

「おねーさんはもう働くの決まったの？」

先ほど何処か別の宇宙を見ていた瞳は真っ直ぐ私を捉えているように一瞬思えた。しかし瞳の奥の観念的な目は、相変わらずこの部屋にいない。元からないのか、失ったのかわからない眼光を捜して彼女の顔を正面から捉え、私はただの友達、とゆっくり言った。今度は彼女に、じゃあその友達が働くのかと聞かれて、確かに私の言い方では、誰の友達なのか、ただの友達がなぜここにいるのか、全く意味不明だと反省したが、私は誰の友達でもなく、ここにいる理由も特になかった。

「もともとここの社長とかがちょっとした知り合いだったんだよ」

「働かないの？」

「別の仕事してるから。西口のキャバ」

「うちも昔キャバいたよ。でも弟が、痙攣する発作持ちなのに、痙攣の病気はね、病院の人が生まれてくる時に首引っ張りすぎるとなるんだよ。だからママは悪くないんだけど、弟はやりたいからって言って鳶になっちゃって、危ないよね、でもさ、彼氏に対する罪悪感とかあるからソープは無理で、今ヘルスで先月一〇〇も稼いだんだよ。お兄ちゃんも鳶職で、多分弟もそれが羨ましくて、でも発作出たらマジで、やばいから、ママも働いてて。でもキャバでもどうせ罪悪感あるから。だって結局は騙し騙されじゃんね、キャバって。うちのお母さん昔は店やってて、てゆーかやれそうだったのに、でも騙されて店取られちゃって、だからお兄ちゃん高校行かずに弟子入りして鳶職やったの」

喋り出した女の子が面接シートを書く様子はなく、細眉はいつの間にかパソコン部屋に引っ込んだようだった。それ、書けるとこだけ書いたほうがいいよ、と私は言って、でも私はその面接シートを書いたこともなければ、店のスタッフでもないので、そんなことを私に言われる筋合いはないのもそれはそうだった。案の定、女の子はシートを一瞥しただけで、再び目が泳いでいる。テレビに集中したふりをして無視しようとしても、画面に映し出されるお金持ちの夫婦の豪邸にも、そこで当たり障りのないことを言ってクイズを出す顔と目の大きさのバランスが悪いお笑い芸人にも、集中できなかった。女の子の目はいつの間にか再び、ローテーブルの上の面接シートを突き抜けて、地球の裏側を見つめている。地球の裏側がどこかは私は知らないが、きっと彼女の目はそれを捉えているような気が確かにした。

パソコン部屋に入るとそこは人間でいっぱいで、かろうじて細眉の手がマウスの上にある以外、全員がどこから出してきたのかフルーツの缶チューハイを飲みながら、女の子のイカれた言動について笑いながら話していた。渚ちゃんはすっかり泣き止んで、昔ホストクラブで見たことがある薬物中毒と思しき女の奇行について誇張して話し、金髪は同調するように、撮影中に訳のわからないことを口走った挙句、カメラマンにキレてトイレに立て籠ったという一部始終を報告していた。

「ポンちゃんどう？　動いてる？」

コンビニから帰ってきた黒髪にそう聞かれ、私は答えようがなく苦笑いをした。ポン中の女の総称なのか、単に誰かの思いつきで今しがた付けられた渾名なのか、ここにいる全員がすでにその呼び方で彼女を呼んでいるようだった。

「とりあえずここで待機させたくないけど、顔出しできる女は多いほうがいいから出勤表には載せるわ。やばい客がいたら派遣しようと思って。特攻隊だな」

床に座る金髪や渚ちゃんも、彼女のことを薬物の隠語に愛称をつけた名前で呼んでいた。細眉の目の前のパソコンには、「ヘルシーメイト」の文字がおしゃれにレタリングされてホームページのトップ画面が完成している。お菓子のロゴをもじったピンク色の筆記体が、ページを開くと同時に左から徐々に現れるデザインだった。

私が見せて、と言うと細眉がマウスをカチカチしながら、どこかのデリヘルのページから丸々書き写したのであろう「料金システム」や「ご利用上の注意」のページを開き、その後に女の子の写真と名前が一覧表になったページを開いた。マリアとユリカが一番上に表示され、その下に私の知らないリサやショウコという名前があって、一番下にチカちゃんがいる。その隣で名前がまだ打ち込まれていない、先ほどスタジオで撮ったばかりの写真がすでに表示されていた。細眉は今度は隣に置いたもう一つのパソコンの画面を開いて、文字の羅列の中に英文字を打ち込む。ホームページに戻って画面を更新すると、女の子の写真の下に「ポン」と表示された。

「いっそこのまま源氏名にするか」

いつの間にか横にいた黒髪が笑いながら言った。細眉も、床にいる渚ちゃんたちも一気に笑って、顔長男は机の下の引き出しから、小さな袋を出して麻酔薬を吸い込んだ。私はどうしてか、薬物の名で呼ばれている彼女が今後酷い目にあって死ぬような気がして、それより前に実家に逃げ帰りたくなったが、イルカの肉が並んでいる近所のスーパーを思い出して、イルカの肉も、冷蔵庫の中身を一切捨てない祖母も、出入りの業者に威張る父も、高校の同級生と平気で結婚なんかしてしまう友人も、毎日見たいとは思えなかった。それに、ガスやシンナーなんて吸っていた中学の同級生も、噂話ばかりする母親から聞く限りは結構毎日仕事をしている。せめて大学に逃げ込みたい気分だが、履修登録の週を逃して夏休みが終わるまでは授業が受けられない。だから彼女をリビングに残して、平気で笑うみんなの無神経さに便乗した。

私たちと「ポンちゃん」の間は廊下とドア二つがしっかり隔てていて、その壁は明らかなものだった。廊下には三途の川が流れていた。でも世間は黒髪やマリアや顔長男や、あるいは私にもポンちゃんと同じ名前をつけるのかもしれない。いや、マリアと私だけが彼女と一緒に括られる可能性の方が高いのかもしれない。ポンちゃんに貼り付けられる名前はなんとなく想像できたけど、では私は？　と考えても適当な名前は見つからない。リビングからオイ!!　と黒髪の名前をわめく声が聞こえて再びみんなが声を殺して笑い出したが、呼ばれた本人はなんで俺が呼び捨てにされんだ、と不機嫌そうに出ていった。私は初めて、その部屋を狭いと感じた。父親が用意し、母親が飾った箱の中から出て来たのに、私はまた何か箱の中に閉じ込められつつある気がした。それは微かな、しかしそこにあることだけは明らかな感覚だった。

十一階のその部屋でトイレに籠城しかけたその新しい女を説得し、細眉がアリストで送って行った後、夜になってガタイの良い先輩としょっちゅう誰かのドライバー役で現れる蓄膿症の坊主とユリカがやってきて、ユリカが大変だから明日一人絞めに行くという話をしていた。しばらくすると仕事を終えた梨絵さんも戻ってきたが、男たちは何を着ていくとか、車何台出すとか、前に誰かの爪を全部剝がして墓に埋めたとか、そんな話で盛り上がり出した。前祝い、と意味のわからないことを言って顔長男が鹿児島の焼酎の栓を開けてみんなのぶん注いだが、匂いが強くて誰も飲みきらず、全員ビールかジーマを飲んでいた。芋焼酎の重たい匂いはいくつかのグラスに注がれているだけで長く部屋に滞留していた。ひどく酒を飲むのはガタイの良い先輩と金髪くらいで、麻酔薬をやっていると意外と弱い酒でもみんなすぐに酔う。

ユリカは先輩に寄りかかるようにL字型ソファの短い方に座って、今まで勤めていた箱ヘルに律儀にデリヘルに移る旨を伝えたらまともな客をつけてもらえなくなったと私と渚ちゃんに向かって言った。トイレから戻った梨絵さんが私の隣に座ったので、私が適宜補いながら、聞いたところまでの話を掻い摘んで説明した。ユリカはなんだか憔悴した様子だったので私はテレビを消した。消した瞬間画面の中では、私が中学生の頃に爆発的に売れていた女の歌手が、情緒不安定なのかトーク中に突然泣きだしたところだった。

「別に今の客は全部持ってこようと思ってたわけじゃないけど、常連客も他の女の子に回すから、もう出勤しないでいいやと思って、恨まれない程度に病欠とかして、一昨日でもう荷物とかも全部引き上げたのね。で、もうそれはいいんだけど、一週間以上まともに収入ないの無理だからさ、客の一人と裏で会ったの」

私はてっきり、客から直接お金をもらう裏引きが店にバレて罰金を請求されたとかそんな話だと思ったが、問題はその客だった。

「最近ついた客で、割と若いし、プレイ中は我を忘れる、みたいな感じだけどプレイ終わるとまともだし大人しいし、平気かなって思ったんだよ。で、別に店じゃないから、五万でゴムつけて本番させるって言ったの。ホテルがよかったんだけど、ケチなのか何なのか家って言われて、でもそんな遠くないから行ったらさ、シャワー浴びるって言われたところまで普通だったのに、一緒にお風呂入ったら豹変してさ、最悪なんだけどいきなり倒されて全身オシッコかけられて、やめてって言ったらさらに興奮して、最初リビングみたいなとこにいきなり連れていかれて、デスク座ってオナニーしろって言われて、でもオナニーなら無害じゃん。だからそこでなるべく長引かせようと思って机座ってしたのね、そしたらそいつじーーっと見てるだけで」

私も渚ちゃんも梨絵さんも、オシッコのくだりでわざとらしく悲鳴のようにえずいてみせた。毎日のように通ってくる飲み屋の客に、今度オシッコをかけてと言われたことがあるのは黙っていた。その提案をされた時はオシッコかけるだけで十万もらえるなら良いような気がしたが、やはりやめておこうとなんとなく思った。ユリカは興奮しておかしなテンションで話し続ける。

「それで、なんか今日はこういうプレイなのかなと思ったらいきなりマンコ触ってきて、濡れてる、とか言って、私が急に触られたからキャーとか言うじゃん、そしたら肩掴まれて、そのままベッドに押し倒されて、それで結局ゴムなしでやられたの。最悪」

「え、もしや中出し？」

渚ちゃんが眉間に皺を寄せてローテーブルに乗り出した。そうだよ、最悪、とユリカは繰り返して、でもピル飲んでるのがほんとよかったけど、とも言った。先輩が、酷い話だろぉ、かわいそうに、と言ったけど、その言葉の台詞臭さは、声色を変え、社長の黒髪に向かって喋り出した言葉の躍動感と比べると明らかだった。

「お前ら、デリヘルやったらこんなんあるぞ。今回は祭りだから全員出張ってくけど、次から店休まずにどういう手順で誰がいくかとか決めとかねぇとな」

ユリカは気にならないようで、唇を突き出してあからさまに傷ついた顔をしてガタイの良い先輩のガタイに頭の先をつけていた。

あの夜、細眉は結局ポンちゃんと呼ばれた新しい女を送ったまま用事があると言って戻っては来ず、子どものいるユリカが最初に帰り、金髪と渚ちゃんが帰り、梨絵さんとガタイの良い先輩は二人して畳の部屋に籠り、坊主は相変わらず、いつの間にか姿を消していた。先輩のお気に入りであると自覚するユリカがいたら機嫌が悪くなっただろうから帰っていて良かったと思いながら、先輩の節操の無さを私は嫌悪していた。黒髪と顔長男は先輩に何か言われたのか、申し合わせたように畳の部屋には近寄らなかった。カーテンを閉め切った部屋は、人の出入りがなければ、時間も季節も何も映し出すことはなく、毎日同じ明るさの蛍光灯に照らされている。

　私はユリカが帰った後しばらく、渚ちゃんと梨絵さんと、しりとりでテキーラを飲むくだらない遊びをしていたので酷く具合が悪く、この狭い箱に感じる一抹の居心地の悪さが、胃袋を下の方から押し上げているのを感じていた。黒髪はふざけていたのか、酔った私を引っ張ってパソコン部屋に引き込み、スピーカーとストロボ・ライトをつけて散々麻酔薬をやった後に、バッと呼んでいた錠剤を歯で嚙んで食べた。顔長男が悪気のない様子で一緒になって、すでに吐きそうな私に、じゃあ半分こと言って半分に割ったバッテンを飲ませ、私は案の定、生まれて初めて酷く悪く飛んだ。黒髪のフランス製の香水が、ずっと鼻の下にあるように強く匂っていた。

パソコン画面には映ってるはずのないグロテスクなアニメが延々とリプレイされ、マンションの外からは闇が来て、デスクの下に穴が空いた。顔長男は気づけば下半身を露出していたが、黒髪は笑いながらも親切で、私は後ろから抱き抱えられ、そうされると幾らか嫌な音は消えた。ただ、記憶を繋ぎ合わせてみると、後ろから抱えられて両脚をMの形に広げられ、その間に顔長男に前から性器を突っ込まれたのも確かなので、親切は私に向けられたものではないのかも知れなかった。何もかもの境界線は曖昧に見えたが、彼らと私の間にある境界線だけは、むしろはっきりとそこにあった。

トイレまで引き摺られて便器に頭を突っ込んだ記憶もあるが、手で口を押さえたまま廊下に吐いた記憶もあって、廊下のフローリングに慎ましく垂らされた吐物は黄色かった。咀嚼するとグロテスクになる麵類や米類を一切食べていなくてよかったと、定まらない視点の後ろにある頭で思った。その後も喉が痛いのは扁桃炎などの病気ではなくテキーラのせいだと思いつく程度の理性はあって、私はバスタブに腰掛ける黒髪の上に跨って泣きながら潮を吹かされ、いつの間にか顔長男の姿はなく、口の中に射精されてそれを吐き出したら闇の怖さは一気に薄れ、シャワーで手を洗う黒髪を置いてバス・ルームから出たついでに上半身裸のまま箱を飛び出して十一階の外廊下にいた。そこで初めて、黒髪の香水から自由になった。

空は暗く手すり越しの景色は昼間の百分の一も見えない。星も月も出ていないようだった。エレベータホールに向かってコンクリートの廊下を裸足でくるくる回り、小さい頃一度だけ行ったバレエ教室の一日体験など思い出し、私も場合によってはローザンヌでスカラシップ賞に輝いている未来だってあったかもしれないのにどうして今は自分の家でもない誰の家でもないマンションの共用廊下で回っているのかわからず、そうかこれが五月病かなんて閃いた瞬間に手すりにぶつかって倒れた。マンションは丈夫で清潔で綺麗だと思っていたけれど、手をついたすぐ横の側溝は黒いゴミと灰色のゴミが細かく積もっていた。髪の毛や虫の死骸は見分けられるが、他の汚れの得体の知れなさが悍ましかった。悍ましかったけれど、すっかり胃の内容物を廊下や便器に吐き出してしまったあとなので吐き気が込み上げることもなく、仕方なく私は何一つ面白味のない真っ暗な空を仰いで、酸っぱい匂いの息を吐いていた。私の髪はひどい匂いがしたが、外の空気は澄んで無臭だった。

誰の性器を咥えることも、別に泣くほど嫌ではなかった。それで部屋に出入りする正当な権利がもらえるならよかった。高級鞄と同じだけの価値があると思いたいのに、自分の価値について特に何の見当も持ち合わせていなかった。一日をできる限り長引かせたい私は、時間も季節も映し出さない地上からちょうど十一階分離れた、住まいでも仕事場でも遊び場ですらないこの部屋にいると居心地が良かった。この部屋にいる限り、少なくともしばらくは何者にもならずに済むように感じて、出ていく理由を持てずにいた。もうすぐ風俗店は稼働し出す。

「その辺りは、江戸時代には実に綺麗な入江だったみたいですよ」

立体的な映像となった記憶が終わり、断片的ないくつかの写真だけが首の裏に張り付いた状態で、地下鉄から直通の私鉄の駅で降りると、そこで待ち合わせた不動産屋は若く綺麗な女性だった。浮ついたところがなく、内見を申し込んだ物件以外にもいくつか似たような条件の部屋の資料を印刷して持ってきてくれていた。資料の地図をみて一瞬まさかと思ったが、十一階にあの部屋があるマンションの資料はやはりなかった。ただ、西口から同じ橋を渡った先の、築七年の細長いマンションの空室はあった。かつて自分が借りていたのと同じ建物の、自分が住んでいたところより二畳ほど広い部屋のカーテンのない窓際に立ち、何気なく資料を見ていると、博識な女性は土地の記憶を色々と教えてくれたのだった。

歴史として土地に刻まれることのない、地上十一階の八十平米ほどの内側でのみ構成され、長いことぼやけた写真でしかなかったのに不意に滑らかな映像となった私の記憶は、半裸で外廊下に横たわったところで途切れる。美しい入江だったらしい土地の、私が全く訪れていない間に建てられたマンションへの案内は、検討しますとだけ言って断り、私は靴のまま中を見せてもらった部屋を出て、その女性と一緒に接着剤の匂いのするエレベータに乗った。中指の第二関節でボタンを押すとすぐに動き出したエレベータの速度は遅く、集中して感じれば辛うじて身体が軽くなる気がするだけで、皮膚と中身がずれていくような感覚を期待しても、すぐに扉が開いて皮膚は中身に張り付いたまま、私の身体は一階にお届けされた。そのまま自分の鍵で入ったこともある建物を出て、ほんの少しだけ傾いた日の下を、一人で歩くことにした。歓楽街の真裏にある八畳の部屋を当てつけで借りてみたところで、男との関係が改善することも、逆に綺麗に清算されることもないことはわかる。時間を取らせた美人の不動産屋には申し訳なく思ったが、美人なので私の協力などなくとも働きやすい環境はすでに整えられているだろう。

かつて麻薬銀座と呼ばれた方へ川沿いを歩くと、対岸には見覚えのない飲食店の看板がいくつも見えた。赤玉を好きなコリアンのホステスたちのいた店はどれも無くなっているのか、あるいは移転してどこかで逞しく営業しているのか、いずれにせよ見渡す限りなかった。なんとなく左に曲がって、路上で電子煙草を吸う少し年下に見える作業着の男に見つめられながら、焼肉屋の前を目指した。マスクを外していた私は、電子煙草のベーコンのような燻した匂いが鼻に入るのが嫌で、口で息をしながら歩いた。

滑らかに流れる記憶は途切れるけれど、次の日にあったことを単純に思い出すことはできる。私はマンションのシャワーを借りて酷い匂いの頭髪を洗った後、一度家に帰って着替え、無事にユリカの客を懲らしめに向かう一行に合流した。きっとあの後、近隣の苦情を恐れる黒髪が慌てて半裸の私を部屋に連れ戻し、私は手すりを越えて十一階下に飛び降りることもなく、側溝の汚濁に窒息することも通報されて実家に引き戻されることもなく助かったのだと思う。あれだけ毎日大量の人間が出入りして音楽をかけて、時に男が窓から吐いたりしていても、苦情など一度もこなかったし、誰も死ななかった。良い物件だった。

ユリカが家に来ると思って期待していた客は、古くて質のいいマンションの一室に土足でドカドカ入って行った蓄膿症の坊主とガタイの良い先輩に完全に震え上がり、土下座させると大人しく従った。土下座のすぐ横にしゃがんだ金髪が踵で思いっきり床を叩くとまた震え上がった。客は痩せていて、短髪で、ユリカがオナニーしたであろうデスクは本棚で囲まれていて、本棚の本はフランス語の辞書や現代思想の本で、私の想像していた高圧的で暴力的な変質者の生活とはだいぶ違っていた。顔長男が闇金風の動きで本を乱雑にめくったり、趣味の良いソーサー付きのカップに煙草の灰を落としたりするのを横目に、ガタイの良い先輩が優しく諭すような口調で身分証明書と財布を要求していた。ユリカも何故か震えていて、それは多分坊主や金髪が突然立てる音に驚いただけなのだけど、私が彼女に代わって女にしか使えない言葉で罵ったところで、客を震え上がらせることはなかった。他の部屋を物色しながら荒らしていた顔長男を、財布の中身を確認して抜き取った先輩がわざとらしく止めたところでおしまいだった。

先輩のものと思われるグランド・ハイエースの前で待機していた細眉は、ナンバープレートの上に貼り付けていたガムテープを剥がして、さっさとエンジンをかけ、ユリカが希望した焼肉屋に電話をかけた。そのあたりでは結構高い店で、私も同伴でしか行ったことがなかったので、気分はお祭りだった。店の記憶は幸福な肉の焼かれる匂いと、唐辛子と、ごま油に満ちているが、前の日にテキーラを何度も吐いたせいで喉が荒れていたのか、私は全然食べなかった。その後、少しだけそのままマンションに寄ったけど、側溝はもう一度見ても汚かったし、細眉に頼んで小さな袋にちょっとだけ麻酔薬の残りをもらったし、日付が変わる前にさりげなく帰った。あれからあの部屋には行っていない。

不動産屋の若く真面目な女性の時間を奪い、住むはずのない部屋を内見し、自分の目的がどこにあるのかよくわからない。十九年前、最後にあの部屋に行く前に寄った焼肉屋の方に曲がる、一つ手前の交差点でコンビニに入り、一番安いライターと二年前に吸うのをやめるまで毎日買っていたメントール入りの煙草を買って、目についた居酒屋ビルの前に設置された灰皿横のベンチに座った。

　あの一ヶ月、部屋に出入りした人が、その後十九年間全員生き延びる可能性はどれくらいなのだろうか。一人死ぬ可能性がどれくらいで、二人死ぬ可能性はどれくらいで、全員が死ぬ可能性はどれくらいなのだろうか。「ポンちゃん」と呼ばれた女が生き延びられる可能性はどれくらいあったのか、それは絶対に一番低いと思ったが、でも彼女がまだ生きていて、チカちゃんが死んでいることだってあり得るし、細眉が死んでいる可能性もある。黒髪の社長が死んでいる可能性を想像すると、それは結構高いような気がした。十代でデビューして世界中でCDを売りまくった歌手がラスベガスで急に結婚をして、五十時間ほどで離婚した、というニュースが世界で報じられたのは確かヘルシーメイトと私が名付けた風俗店が廃業したらしいとマリアに聞いた頃で、私はその時に、「ポンちゃん」とみんなが呼んだ口を半開きにしていた彼女の明るい未来も想像したのだった。ユリカが男に騙されて死んだり、マリアがホストを包丁で刺したりした可能性も結構高かったのかもしれないが、少なくともそれほどの大事件があればどこからともなく噂は耳に届くものであって、何も聞かなかったのだから、何かトラブルがあったとしても小粒のものでしかなかったのだろう。

いや、そういえば、私はあの後一度、ユリカらしき女の姿を確認したのだった。本名の苗字が珍しかったので、十年くらい前にエステサロンのホームページでそれを見たとき、私は彼女の双子の妹なのだと思った。しかし、彼女が唯一の見分け方と言っていた、細眉に修正で消すように頼んでいた首のホクロはしっかりと、スタッフのおすすめ施術を紹介する顔写真に写っていた。男の性器を悦ばせていた手先が女の顔の上をくるくるとマッサージする様子は想像すると可笑しく、チカちゃんに諭されて自分を最強と言った彼女も、きっとその可笑しさに笑っていると思った。梨絵さんはその後も飲み屋周辺でよく会ったが、賭博で捕まったという話も聞かないし、店を辞めたという噂も聞かなかった。

私の座るビル前のベンチの、車の往来が激しい道路を挟んで向こう側にはチェーンの喫茶店があり、ガラス張りの店内ではこちらを向いたカウンター席に五人、それぞれが手元の画面に集中していて、私がここで半裸で倒れても、その姿はピンボケした背景に収まるのだと思った。きっと横並びの五人の手元にはそれぞれ違う世界が映し出されて、一人はロシアに、一人は中国産のゲームの反復に、一人はブロックとフォローを駆使して心地よくカスタマイズした情報の海に、一人は漫画家が創出した中世ヨーロッパらしき仮想空間に、一人はセックスレスのパートナーとの一対一の対話の中に焦点が合っていて、私にピントを合わせてしまっては、手元の世界が台無しになる。その台無しの連続が外から見た時の彼らの日常を作る。肉体とは日常で、生きるも死ぬも肉体のことでしかないのに、何をそんなに躍起になって、肉体を伴わない世界に焦点を合わせているのか、彼らの目的もよくわからない。

私は産むことも売ることもしない肉体のまま、あんなに耐え難かった妹の子どもの泣き声が気にならなくなり、実家の一番近くの必ずイルカ肉を置いていたスーパーは潰れ、父が先に死んで祖母も死んだが、母はペーパークラフトの教室を開いている。どちらにせよ、もうすぐ子どもは産めなくなる。

見ることを無意識に拒絶していた携帯電話に、男から夥しい数の着信やメールが入っていることを予想して、見ることはさらに億劫になったが、着信が一件もない未来もあり得ると思うと、それはそれで寂しい気がした。その未来についてはその時考えれば良いのだけど、ものによっては酷い匂いのする写真のような眩い記憶は、ほんの一瞬箱から飛び出した気になった私の目に映ったものでしかないので、実際にはもっと汚れて狭い箱の中で生み出されたものかも知れなかった。その汚れに比べれば、男の清潔な体臭と毎朝作らされる豆乳粥の匂いのする参道からすぐの私の部屋が、それほど不快とも思わない。私は男の望む未来を窮屈なように想像して、その不平を巧妙に日常生活に忍ばせるものだから、彼を時折ひどく傷つけてきた。

彼を苛立たせる私はしかし、あの塵の積もった外廊下にそのまま転がっていることをしなかったのだから、彼の傷みやすい繊細な髪を本当はもっと丁寧に撫でつけても良かった気がした。彼との未来が窮屈であるのは間違いなくとも、あの十一階のストロボ・ライトも、女の脚の艶も、黒髪の引き締まった胸板も、ミント・スティックも、それなりに窮屈な部屋の中でこそ私の目に煌めいて見えたのだった。もし今夜自宅のポストに、男に渡した鍵が無造作に放り込まれていなかったら、私は優しい言葉を書いて、メールを返信しようと思った。

視線を近くに移すと、以前はビルの中の居酒屋のテーブルに一つずつ置かれていたのか、店のロゴが入った瀬戸物の灰皿は綺麗に拭かれて、屋外用の装飾テーブルに慎ましく置かれている。夜には店内から抜け出す客たちが煙を燻らせるのであろうこの場所は、地面にほのかな煙草の匂いを含んでいるものの、空気はそれほど澱んでいない。先ほど二年ぶりに買った煙草のパッケージを開けずに、薄いビニールに包まれた箱をそのまま灰皿に載せると、底に印字された店名は見えなくなった。私の手にはもう安いライターしかない。つまむように持っていたライターを右手のひらに載せて握ると、少し肌寒くなった夕方の空気から守られるように少しずつそれが熱を帯び、同時に暖かくなっていく右手を左手で覆うと、灰皿の上の煙草の表面に西陽が当たって、やはりとても綺麗だった。

初出　「新潮」二〇二三年四月号

写　真　石田真澄
モデル　弓ライカ

鈴木涼美
すずき・すずみ

1983年生まれ、東京都出身。慶應義塾大学卒。東京大学大学院修士課程修了。小説第一作『ギフテッド』が第167回芥川賞、第二作『グレイスレス』が第168回芥川賞候補。著書に『身体を売ったらサヨウナラ　夜のオネエサンの愛と幸福論』『愛と子宮に花束を　夜のオネエサンの母娘論』『おじさんメモリアル』『ニッポンのおじさん』『往復書簡　限界から始まる』（共著）『娼婦の本棚』『８cmヒールのニュースショー』『「ＡＶ女優」の社会学　増補新版』などがある。

浮《う》き身《み》

発　行　2023年6月30日

著　者　鈴木《すずき》涼美《すずみ》
発行者　佐藤隆信
発行所　株式会社新潮社
〒162-8711　東京都新宿区矢来町71
電話　編集部　03-3266-5411
読者係　03-3266-5111
https://www.shinchosha.co.jp
装　幀　新潮社装幀室
印刷所　大日本印刷株式会社
製本所　加藤製本株式会社

乱丁・落丁本は、ご面倒ですが小社読者係宛お送り下さい。
送料小社負担にてお取替えいたします。
価格はカバーに表示してあります。
ISBN 978-4-10-355151-5 C0093

祝宴　温又柔

長女が同性の恋人の存在を告白したのは、次女の結婚式の夜だった。いくつもの境界を抱えた家族を、小籠包からたちのぼる湯気で包み込む、気鋭の新たな代表作。

息　小池水音

息をひとつ吸い、またひとつ吐く。生のほうへ向かって――。喪失を抱えた家族の再生を、一息一息を繋ぐようにして描き出す、各紙文芸時評絶賛の胸を打つ長篇小説。

エレクトリック　千葉雅也

性のおののき、家族の軋み、世界との接続。1995年宇都宮。高2の達也は東京に憧れ、広告業の父はアンプの完成に奮闘する。気鋭の哲学者が新境地を拓く渾身作！

オーバーヒート　千葉雅也

クソみたいな言語と、男たちの生身の体の間を、往復する「僕」――。待望の最新作に川端康成文学賞受賞作「マジックミラー」を併録。哲学者が拓く文学の最前線。

デッドライン　千葉雅也

ゲイであること、思考すること、生きること。修士論文のデッドラインが迫るなか、格闘しつつ日々を送る「僕」。気鋭の哲学者による魂をゆさぶるデビュー長篇。〈野間文芸新人賞受賞〉

アンソーシャル ディスタンス　金原ひとみ

パンデミックの世界を逃れ心中の旅に出る若い男女を描く表題作や、臨界状態の魂が暴発する「ストロングゼロ」など、どれも沸点越え、読めば返り血を浴びる作品集。

荒地の家族　佐藤厚志

あの災厄から十年余り。妻を喪い、仕事道具もさらわれた男はその地を彷徨い続けた。仙台在住の書店員作家が描く、止むことのない渇きと痛み。第１６８回芥川賞受賞作。

象の皮膚　佐藤厚志

皮膚が自分自身だった――。五十嵐凜、書店員6年目。アトピーの痒みにも変な客にも負けず、心を自動販売機にして働く女性の生きづらさをリアルに描いた話題作。

1R1分34秒　町屋良平

なんでおまえはボクシングやってんの？　デビュー戦を初回ＫＯ後、三敗一分。自分の弱さをもてあます21歳プロボクサーが拳を世界と交えたとき。《芥川賞受賞作》

ショパンゾンビ・コンテスタント　町屋良平

おれは音楽の、お前は文学のひかりを浴びて、ゾンビになろう――。音大中退の小説家志望の「ぼく」、親友は魔法のような音を奏でるピアニストの卵。新・音楽小説！

首里の馬　高山羽根子

この島のできる限りの情報が、いつか全世界の真実と接続するように――。世界が変貌し続ける今、しずかな祈りが切実に胸にせまる感動作。〈芥川賞受賞〉

道行きや　伊藤比呂美

「あたしはまだ生きてるんだ！」今日は熊本、明日は早稲田、犬と川べり、学生と詩歌――人生いろいろ日常不可解、ものを書きつつ過ごしてきた。人生有限、果てなき旅路。